4/14 T C6?

Bianca

D0992940

Susan Stephens
Diamante del desierto

FINNEY COUNTY PUBLIC LIBRARY
605 E. Walnut
Garden City, KS 67846

Editado por HARLEQUIN IBÉRICA, S.A.
Núñez de Balboa, 56
28001 Madrid

© 2013 Susan Stephens. Todos los derechos reservados.
DIAMANTE DEL DESIERTO, N.º 2262 - 9.10.13
Título original: Diamond in the Desert
Publicada originalmente por Mills & Boon®, Ltd., Londres.

Todos los derechos están reservados incluidos los de reproducción,
total o parcial. Esta edición ha sido publicada con permiso de
Harlequin Enterprises II BV.
Todos los personajes de este libro son ficticios. Cualquier parecido
con alguna persona, viva o muerta, es pura coincidencia.
® Harlequin, logotipo Harlequin y Bianca son marcas registradas
por Harlequin Books S.A.
® y ™ son marcas registradas por Harlequin Enterprises Limited y
sus filiales, utilizadas con licencia. Las marcas que lleven ® están
registradas en la Oficina Española de Patentes y Marcas y en otros
países.

I.S.B.N.: 978-84-687-3582-5
Depósito legal: M-20841-2013
Editor responsable: Luis Pugni
Fotomecánica: M.T. Color & Diseño, S.L. Las Rozas (Madrid)
Impresión en Black print CPI (Barcelona)
Fecha impresion para Argentina: 7.4.14
Distribuidor exclusivo para España: LOGISTA
Distribuidor para México: CODIPLYRSA
Distribuidores para Argentina: interior, BERTRAN, S.A.C. Vélez
Sársfield, 1950. Cap. Fed./ Buenos Aires y Gran Buenos Aires,
VACCARO SÁNCHEZ y Cía, S.A.

Capítulo 1

A LAS siete de la mañana de un lunes cualquiera, tan frío y neblinoso como solo pueden ser los de Londres, un poderoso consorcio empresarial celebraba una reunión para adquirir la mina de diamantes más grande del mundo. El grupo de tres hombres tenía a su líder en el jeque Sharif al-Kareshi, un prestigioso geólogo al que también se conocía como el Jeque Negro, gracias a haber descubierto enormes pozos de petróleo en las arenas del desierto de Kareshi. La iluminación, discreta, era perfecta para leer la letra pequeña de un contrato, y el emplazamiento era digno del rey de Kareshi, una lujosa residencia en la capital londinense. Sentados a la mesa junto al jeque estaban dos hombres de unos treinta y dos años de edad. Uno de ellos era español, y el otro era dueño de una isla situada al sur de Italia. Los tres eran magnates del comercio, y rompecorazones en el amor. Sumas colosales estaban en juego. La atmósfera era tensa.

–¿Una mina de diamantes que está más allá del Círculo Polar Ártico? –exclamó el conde Roman Quisvada, glamuroso y siniestro.

–Los diamantes fueron descubiertos en el Ártico

canadiense hace unos años –explicó Sharif, echándose hacia atrás en su silla–. ¿Por qué no en el Ártico europeo, amigo mío?

Los tres hombres eran amigos de la infancia; habían asistido al mismo colegio de Londres. Cada uno de ellos había hecho su propia fortuna, pero seguían unidos por la amistad y la confianza.

–Mi primera opinión sobre los hallazgos es que este descubrimiento de Skavanga Mining podría ser más grande de lo que pensábamos en un principio –Sharif siguió adelante, empujando unos documentos hacia los otros dos hombres.

–Y he oído que Skavanga dice tener tres hermanas que se han hecho famosas como los Diamantes de Skavanga. No puedo evitar sentir mucha curiosidad –apuntó el español de aspecto peligroso, pelando una naranja con una hoja tan afilada como un escalpelo.

–Te diré lo que sé, Rafa –le dijo el jeque a su amigo, conocido como don Rafael de León, duque de Cantabria, una hermosa región montañosa de España.

El conde Roman Quisvada se echó hacia delante. Roman era un experto en diamantes. Tenía laboratorios especializados en tratar piedras de gran valor. Rafa, en cambio, era dueño de la cadena de joyería más exclusiva de todo el mundo. Entre los tres controlaban todo el negocio de los diamantes.

Pero el jeque sabía que había un cabo suelto: una empresa llamada Skavanga Mining. Propiedad de cuatro hermanos, Britt, Eva, Leila y Tyr Skavanga, el hermano desaparecido. Skavanga Mining acababa de anunciar el descubrimiento de los yacimientos de diamantes más grandes jamás encontrados. El jeque estaba a punto de partir rumbo a ese frío y lejano país para comprobarlo por sí mismo.

Y, mientras estuviera allí, tendría tiempo de echarle un vistazo a Britt Skavanga, la hermana mayor, que en ese momento estaba al frente de la empresa. Miró una fotografía. Parecía un rival digno, con esos ojos grises, los labios firmes, esa barbilla orgullosa... Estaba deseando conocerla. Y el acuerdo con extras de cama resultaba de lo más interesante. No había sentimiento alguno en los negocios y no iba a malgastarlo con las mujeres.

–¿Por qué siempre eres tú el que se lo pasa bien? –dijo Roman, quejándose. Frunció el ceño cuando el jeque les habló de sus planes.

–Hay muchas maneras de divertirse –le aseguró Sharif mientras miraban las fotos de las otras hermanas.

Al mirar a Rafa, sintió una punzada de algo cercano al miedo. La hermana pequeña, a quien miraba su amigo, era una inocente ingenua; nada que ver con don Rafael de León.

–Tres mujeres guapas –comentó Roman, mirando a sus colegas.

–Para tres empresarios despiadados –añadió Rafa, devorando el último pedazo de la naranja–. Estoy deseando ir a por esta...

Sharif recogió las fotos con brusquedad. Los ojos de Rafa emitieron un destello sombrío.

–Este podría ser nuestro proyecto más prometedor hasta la fecha –comentó Sharif. No se daba cuenta de ello, pero no dejaba de acariciar la foto de Britt Skavanga con el dedo.

–Y si hay alguien que puede llevar a buen puerto este trato, ese eres tú –remarcó Roman, intentando aligerar la tensión que había surgido entre sus dos amigos.

Solo podía sentir alivio porque no estuvieran interesados en la misma chica.

La risa de Rafa descargó el ambiente.

–Me ha parecido oír por ahí que tenéis unas técnicas sexuales muy interesantes en Kareshi, Sharif. Pañuelos de seda... ¿Vendas de seda?

Roman se rio.

–Yo he oído lo mismo –dijo Roman. Dicen que en las tiendas de los harenes usan cremas y pociones para disparar las sensaciones.

–Basta –dijo Sharif. Levantó las manos para silenciar a sus amigos–. ¿Podemos volver a los negocios, por favor?

En cuestión de segundos, las chicas Skavanga cayeron en el olvido y la conversación volvió a las estadísticas y a las expectativas de negocio. Sin embargo, en un rincón de su mente, Sharif seguía pensando en esos ojos grises y en esa boca expresiva.

El monarca de Kareshi se había criado en el desierto. Había tenido una vida dura e inclemente. Le habían enseñado a gobernar, a luchar y a debatir con los hombres más sabios del consejo, lugar donde las mujeres brillaban por su ausencia. Pero él lo había cambiado todo nada más acceder al poder. Las mujeres de Kareshi solían ser meros objetos decorativos a los que había que mimar y esconder, pero bajo su gobierno las cosas habían cambiado mucho. La educación era obligatoria para todos, sin distinción de sexo.

¿Y quién se iba a atrever a llevarle la contraria al Jeque Negro?

Evidentemente, Britt Skavanga no. Mientras miraba la foto de la joven, había visto auténtica determinación en esa mirada, tan parecida a la suya propia. Estaba deseando ir a Skavanga.

Britt tenía la boca generosa de una concubina, pero también poseía la mirada inflexible de un guerrero vikingo.

La combinación le resultaba intrigante, atractiva. Incluso la austeridad del traje que llevaba despertaba su curiosidad. Esos pechos, apretados contra el fino tejido de lana, suscitaban emociones que le sacudían los sentidos. Le encantaba ver a las mujeres con esa clase de atuendo severo. Era un código de provocación que había aprendido a descifrar muchos años antes. Ese estilo sobrio y seco era sinónimo de represión, o tal vez indicara un espíritu travieso y juguetón. En cualquier caso, no obstante, le encantaba.

–¿Sigues con nosotros, Sharif? –preguntó Rafa con un gesto burlón cuando su amigo apartó la foto de Britt.

–Sí, pero no por mucho tiempo porque me voy a Skavanga por la mañana. Voy a ir en calidad de geólogo y consejero del consorcio. Esto me permitirá hacer una evaluación imparcial de la situación sin mancharme las manos.

–Eso es muy sensato –dijo Rafa–. Que el Jeque Negro esté al acecho hace que todos se echen a temblar.

–El Jeque Negro devora a sus víctimas sin piedad –apuntó Roman, escondiendo una sonrisa.

–El hecho de que esta figura misteriosa, creada por los medios y conocida en todo el mundo como el Jeque Negro, no tenga ninguna foto publicada en prensa, sin duda te hará jugar con ventaja –dijo Rafa.

–Ya veremos qué pasa cuando volvamos a encontrarnos y esté en posición de deciros si todo lo que se ha dicho de los diamantes de Skavanga es cierto –dijo Sharif, cerrando la conversación con un gesto.

–No pedimos más que eso –sus dos amigos estuvieron de acuerdo.

–Bueno, claramente, debo ser yo quien vaya a verle –Britt insistió.

Las tres hermanas estaban en su ático minimalista y poco habitado, sentadas alrededor de la mesa de la cocina, curiosa, pero poco funcional. Esa forma con huecos en el medio no era precisamente la obra maestra del diseñador.

–¿Claramente? ¿Por qué? –preguntó Eva, la hermana mediana, siempre peleona–. ¿Quién dice que tengas derecho a llevar la batuta en este asunto? ¿No deberíamos tomar parte todas? ¿Qué me dices de la igualdad de la que siempre hablas tanto, Britt?

–Britt tiene mucha más experiencia en los negocios que nosotras –dijo la hermana más joven y tímida, Leila–. Y esa es una razón muy poderosa por la que debería ser Britt quien se reuniera con ellos –añadió Leila, mesándose sus rizos rubios.

–¿Muy poderosa? –repitió Eva con sorna–. Britt tiene experiencia en la minería de hierro y cobre. Pero ¿diamantes? –puso los ojos en blanco–. No me puedes negar que las tres estamos en pañales en lo que a diamantes se refiere.

Britt miró a su hermana con ojos serios. Eva tenía todas las papeletas para convertirse en una solterona amargada si seguía con esa actitud. Siempre había sido de las que veían el vaso medio vacío y por desgracia no había Petruchios en Skavanga que le llevaran la contraria.

–Me ocuparé de este asunto, y con él –dijo Britt con firmeza.

–¿El Jeque Negro y tú? –dijo Eva con desprecio–. Puede que seas toda una ejecutiva de éxito aquí en Skavanga, pero los negocios del jeque son multinacionales. Y, además, es rey de un país. ¿Qué te hace pensar que vas a poder con un hombre así?

–Conozco bien mi negocio –dijo Britt, manteniendo la calma–. Conozco nuestra mina y seré clara y concisa. Mantendré la cabeza fría y seré razonable.

–A Britt se le da muy bien hacer cosas como esta, sin dejar que interfieran las emociones –apuntó Leila.

–¿En serio? –dijo Eva en un tono burlón–. Que pueda hacerlo o no aún está por ver.

–No os defraudaré –dijo Britt. La preocupación de sus hermanas, tanto por ella como por el negocio, había desencadenado la discusión–. Ya he lidiado con gente difícil en el pasado y estoy preparada para enfrentarme al Jeque Negro. Sé que tengo que tratarle con mucho cuidado y prudencia.

–Muy bonito –Eva se echó a reír.

Britt la ignoró.

–Seríamos unas tontas si le infravaloráramos. El líder de Kareshi es mundialmente conocido como el Jeque Negro por una razón.

–¿Violación y saqueo? –sugirió Eva, haciendo uso de un humor corrosivo.

Britt se mordió la lengua.

–El Jeque Sharif es uno de los geólogos más prominentes del planeta.

–Es una pena que no hayamos podido encontrar fotos de él –dijo Leila.

–Es geólogo. No es una estrella de cine –señaló Britt–. ¿Y cuántas fotos de gobernantes árabes has visto?

–Seguro que es tan feo que rompería la cámara –murmuró Eva–. Apuesto a que es un empollón con gafas de cristal de botella.

–Y, si es así, será mejor que sea Britt quien se ocupe del tema –dijo Leila con entusiasmo.

–Un gobernante que ha hecho salir adelante a su país y que ha traído la paz es un hombre decente, a mi modo de ver, así que, tenga el aspecto que tenga, no tiene importancia. Pero necesito vuestro apoyo. El hecho es que los minerales de la mina se están agotando y necesitamos inversión. El consorcio que dirige este hombre cuenta con el capital que nos permitiría explotar la mina de diamantes.

Se hizo un silencio. Las hermanas de Britt aceptaron la realidad y asintieron con la cabeza finalmente. Britt respiró, aliviada. Por fin tenía la oportunidad de rescatar el negocio. Había esperanza para la ciudad de Skavanga, construida alrededor de la mina. Todo un camino de desafíos se extendía ante ella y la entrevista con el jeque ya no parecía un problema tan grande.

Britt ya no se sentía tan fuerte al día siguiente.

–Te está bien empleado por haberte hecho ilusiones –dijo Eva.

Estaban reunidas en el estudio de Britt.

–Tu Jeque Negro famoso ni siquiera se va a molestar en reunirse contigo –añadió la hermana mediana, mirando por encima del hombro de Britt.

En la pantalla del ordenador se veía un correo electrónico.

–Va a mandar a un representante –dijo, mofándose.

Le dedicó una mirada de «ya te lo dije» a su hermana Leila.

–Voy a hacer café –dijo Leila.

El aguijoneo constante de Eva estaba acabando con la paciencia de Britt. Llevaba todo el día intercambiando correos electrónicos con Kareshi, y no eran ni las doce de la mañana. Leila regresó con el café. A sus hermanas les encantaba quedarse en la ciudad con ella, pero a veces olvidaban que ella sí tenía trabajo que hacer.

–Voy a reunirme con él de todos modos. ¿Qué más puedo hacer? –preguntó, dándose la vuelta hacia sus hermanas–. ¿Tenéis una idea mejor?

Eva se quedó callada. Leila le lanzó una mirada comprensiva al tiempo que le daba una taza de café.

–Solo siento que tengamos que irnos a casa y que vayamos a dejarte con todo esto.

–Es mi trabajo –dijo Britt, controlando la rabia.

Nunca llegaba a enfadarse con Leila.

–Claro que me molesta no poder conocer al Jeque Negro, pero lo único que pido es un poco de apoyo, Eva.

–Lo siento –murmuró Eva–. Sé que te endosaron la empresa cuando mamá y papá murieron. Solo me preocupa qué va a pasar a partir de ahora, cuando se agoten las reservas. Sé que la mina está acabada sin los diamantes. Y sé que harás lo que sea para conseguir este trato, pero me preocupas, Britt. Es una carga demasiado pesada como para llevarla tú sola.

–Para –le dijo Britt en un tono de advertencia. Le dio un abrazo a su hermana–. Manden a quien manden, puedo estar a la altura.

–Dicen que el hombre que se va a reunir contigo es un geólogo reconocido, experto en la materia –señaló Leila–. Así que por lo menos sabes que tenéis algo en común.

Britt también había estudiado Geología, pero tenía un máster en Empresariales además.

–Sí –dijo Eva, tratando de sonar tan optimista como su hermana–. Seguro que todo va a salir bien.

Britt sabía que sus dos hermanas estaban realmente preocupadas por ella. Simplemente tenían maneras distintas de demostrarlo.

–Bueno, estoy muy emocionada –dijo con firmeza para aligerar el ambiente–. Cuando llegue ese hombre, estaremos un paso más cerca de poder salvar la empresa.

–Ojalá Tyr estuviera aquí para ayudarnos.

Las palabras de Leila hicieron que todas guardaran silencio unos segundos.

Tyr era su hermano perdido, y no solían hablar mucho de él porque era demasiado doloroso. No entendían por qué se había marchado así. Jamás se había vuelto a poner en contacto con ellas.

Britt fue quien rompió el silencio incómodo.

–Tyr haría exactamente lo mismo. Piensa igual que nosotras. Se preocupa por la empresa y por la gente.

–Y eso explica por qué se mantiene al margen –murmuró Eva.

–Sigue siendo uno de nosotros –dijo Britt–. Somos una piña. Recuérdalo. El descubrimiento de esos diamantes a lo mejor le anima a volver a casa.

–Pero a Tyr no le mueve el dinero –dijo Leila.

Ni siquiera Eva podía estar en desacuerdo con eso. Tyr era un idealista, un aventurero. Su hermano podía ser muchas cosas, pero el dinero no lo era todo para él.

Britt deseaba tanto tenerle de vuelta en casa... Le echaba de menos. Llevaba demasiado tiempo lejos.

–Aquí hay algo que os va a hacer reír –dijo Leila en un intento por suavizar las cosas.

Agarró el periódico y señaló un artículo que se refería a las tres hermanas como los Diamantes de Skavanga.

–Todavía no se han cansado de ponernos ese nombre ridículo.

–Es que es una tontería enorme –dijo Eva, apartándose el pelo de la cara con un gesto de indignación.

–Me han llamado cosas peores –dijo Britt, sin inmutarse.

–No seas tan ingenua –masculló Eva–. Lo único que hace ese artículo es atraer a todos los cazafortunas que hay por ahí.

–¿Y qué tiene de malo? –dijo Leila–. Me gustaría conocer a un hombre que no esté borracho a las nueve de la noche.

Britt y Eva contuvieron el aliento. Leila acababa de mencionar otra de esas cosas de las que nunca hablaban en alto. Había un viejo rumor que decía que su padre estaba borracho el día en que pilotaba el avión de la empresa y se había estrellado con su madre a bordo.

Leila se puso roja como un tomate cuando se dio cuenta del error que había cometido.

–Lo siento. Es que estoy cansada de que sigas

llevándonos la contraria, Eva. Deberíamos apoyar a Britt.

–Leila tiene razón –dijo Britt–. Es crucial que mantengamos la cabeza fría para sacar adelante este acuerdo. No nos podemos permitir una disputa entre nosotras. Ese artículo es una tontería y ni siquiera deberíamos perder el tiempo hablando de ello. Si queremos que Skavanga Mining tenga un futuro, tenemos que considerar todas las ofertas que están sobre la mesa, y hasta ahora solo tenemos la del consorcio.

–Supongo que podrías darle una bienvenida al estilo de Skavanga al representante del jeque –sugirió Eva, sonriendo.

Leila sonrió también.

–Seguro que Britt tiene algo bajo la manga.

–No es eso por lo que os tenéis que preocupar –comentó Britt en un tono seco.

–Simplemente, prométeme que no vas a hacer nada de lo que te puedas arrepentir en el futuro –dijo Leila.

–Cuando llegue el momento no me arrepentiré –dijo Britt con contundencia–. A menos que sea un empollón con gafas de cristal de botella, en cuyo caso habrá que ponerle una bolsa de papel en la cabeza.

–No des la batalla por ganada todavía –dijo Eva.

–No estoy preocupada. Si resulta ser un poco difícil, hago un agujero en el hielo y le pongo a nadar un rato. Así se enfriará.

–¿Y por qué parar ahí? –añadió Eva–. No olvides

las ramitas de abedul. Siempre puedes darle un buen repaso. Con eso le arreglas un poco.

–Lo tendré en cuenta...

–Por favor, decidme que estáis bromeando –dijo Leila.

Por suerte, la hermana pequeña de las Skavanga no llegó a ver la mirada que intercambiaban las dos mayores.

Capítulo 2

BRITT estaba inusualmente nerviosa. El desayuno con el representante del Jeque Negro estaba previsto para las nueve. Cuando cruzó las puertas de Skavanga Mining ya eran las nueve y veinte. Subió las escaleras corriendo. No era que no estuviera acostumbrada a las reuniones de negocios, pero esa era diferente por una serie de razones, y para colmo de males se le había pinchado una rueda durante el camino.

–Ya entro directamente –dijo al ver que la secretaria levantaba la vista con un gesto de sorpresa.

Se detuvo delante de la puerta un segundo. Eva tenía razón cuando decía que al morir sus padres ella era la única persona preparada para tomar las riendas de la empresa y cuidar de ellas. Tyr era un buscavidas, un mercenario. Había servido como soldado durante un tiempo, pero nadie sabía dónde estaba en ese momento. Dependía de ella cerrar el trato. No había nadie más. El hombre que la esperaba en la sala de juntas podía salvar la empresa si le daba luz verde al consorcio.

Y llegaba tarde.

La silueta de un hombre imponente se recortaba

contra la luz de las ventanas. Se dio la vuelta al oírla entrar. Llevaba un traje hecho a medida muy oscuro, de corte impecable, nada que ver con esos ropajes orientales que había imaginado.

El hombre que tenía delante no necesitaba accesorios para parecer exótico. Su rostro, sombrío y orgulloso, el pelo negro y copioso, y esos ojos intensos y afilados eran todo lo que hacía falta para convertirle en una visión asombrosa. Lejos de ser ese empollón repulsivo, el representante del jeque era extraordinariamente apuesto.

Britt tuvo que hacer acopio de toda su fuerza de voluntad para cruzar la estancia e ir hacia él.

–¿Señorita Skavanga?

Su voz, muy grave y con un ligero acento extranjero, la hacía sentir escalofríos. Era la voz de un maestro, de un amante, un hombre que no esperaba más que le obedecieran.

Britt se mantuvo firme. Hizo un esfuerzo por no dejarse intimidar. Tenía una empresa que dirigir.

–Britt Skavanga –dijo con contundencia, tendiéndole la mano–. Lo siento. No me han dicho cuál es su nombre.

–No tiene importancia para estas reuniones –dijo él, agarrándole la mano con una fuerza controlada, pero implacable.

El roce de su mano la sorprendió. Aunque breve, había sido como una descarga eléctrica.

Le deseaba, así, sin más.

Nunca en su vida había experimentado una atracción tan fuerte hacia alguien.

–Bueno –dijo, levantando la barbilla–. ¿Cómo le llamo entonces?

–Emir –dijo el hombre.

–¿Solo Emir?

–Es suficiente –dijo él, encogiéndose de hombros.

–¿Empezamos entonces? –la miró de arriba abajo, con la frialdad de un comprador que va al mercado a comprar reses–. ¿Ha sufrido algún tipo de percance, señorita Skavanga?

–Por favor, llámame Britt.

El incidente del neumático ya se le había borrado de la mente.

–¿Quieres que empecemos un poco más tarde? –le sugirió él.

–No, gracias–. Ya te he hecho esperar bastante. Se me pinchó una rueda cuando venía hacia aquí.

–¿Y la cambiaste?

Ella frunció el ceño.

–¿Por qué no iba a hacerlo? No quería perder tiempo cambiándome de ropa.

–Gracias por la consideración –Sharif inclinó la cabeza hacia delante y le hizo una pequeña reverencia. Su expresión era un tanto irónica.

¿Estaría casado?

Britt le miró las manos y reaccionó dándole las gracias cuando le ofreció una silla. No recordaba la última vez que alguien había hecho algo así por ella. Estaba tan acostumbrada a ser autosuficiente en todo... Era agradable conocer a un caballero de vez en cuando, no obstante.

–Por favor –le dijo, señalando la silla que estaba en el extremo opuesto de la larga mesa de la sala de juntas.

Apartó la vista rápidamente cuando él la miró. Las mejillas le ardían. Se refugió tras los documentos que tenía delante.

A Sharif le resultaba curiosa la aparente devoción de la señorita Skavanga por el trabajo. Ambos habían sentido la misma chispa. Eso lo sabía con seguridad. Normalmente los primeros minutos de una reunión eran cruciales para evaluar bien a la gente y el lenguaje corporal se lo decía todo.

Hasta ese momento Skavanga no le había impresionado, en cambio. Era un sitio gris con un aire de decadencia que contagiaba tanto a la empresa como a la ciudad. No necesitaba el informe que tenía delante para saber que los yacimientos de minerales se estaban agotando. Se olía el declive en el ambiente. Y, por muy buena que fuera Britt Skavanga en su trabajo, no podía mantenerse a flote eternamente. Necesitaba esos diamantes para mantener viva la empresa, y para ello necesitaba al consorcio.

La ciudad era gris, pero Britt Skavanga era todo lo contrario. Había superado con creces sus expectativas. Había todo un mundo secreto detrás de esos ojos grises y serios; un mundo que quería descubrir.

–¿Informarás personalmente a Su Majestad de todo lo que hablemos aquí?

–Claro. Su Majestad la considera entre sus amigos y espera que todas las negociaciones que se lleven a cabo de ahora en adelante traigan respeto mutuo y grandes beneficios para nuestros respectivos países.

Britt contuvo el aliento al verle hacer el saludo tradicional de Kareshi. Para ello se tocaba el pecho, la boca, y finalmente la frente.

–Por favor, dile a Su Majestad que agradezco su interés en Skavanga Mining, y también te agradezco a ti que hayas venido como representante –le sostuvo la mirada.

Sharif se sorprendió. La única mujer que era capaz de hacer eso era su hermana Jasmina, y era guerrera por naturaleza.

Mientras Britt le explicaba las perspectivas de futuro de Skavanga Mining, se dio cuenta de que había cierto toque de inocencia en ella. Incluso parecía creer que aún tendría algo que decir cuando el consorcio pasara a controlar la empresa. Sus manos eficientes exhibían una manicura impecable y llevaba muy poco maquillaje. No había nada artificial en ella.

–Supongo que la idea de excavar en el hielo te debe de parecer todo un desafío, estando acostumbrado al desierto.

Sharif volvió a los negocios, no con muchas ganas.

–Al contrario. Hay muchas cosas en Skavanga que me recuerdan la inmensidad y variedad de mi tierra natal. La variedad solo es evidente para aquellos que pueden verla, claro.

Quería que el negocio saliera adelante, pero deseaba a Britt Skavanga muchísimo más.

Por mucho que intentara concentrarse, Britt sentía que su cuerpo se rebelaba. Parecía estar en sincronía con el de Emir. Incluso se sorprendió inclinándose hacia él en más de una ocasión y tuvo que obligarse a retroceder. Su rostro era grave y circunspecto, y su aroma evocaba el mundo exótico del que provenía.

Sus hermanas ya le habían hecho toda clase de bromas sobre Kareshi y las artes amatorias. Había fingido no escucharlas, sobre todo cuando le habían dicho que las gentes de Kareshi tenían una poción que usaban para intensificar las experiencias sensoriales.

–¿Britt?

Britt se sobresaltó.

–Lo siento. Es que tenía la cabeza...

–¿En el cielo o en la tierra? –dijo él, completando la frase.

–Sí...

–¿Sí? ¿Cuál de los dos?

Britt ya ni recordaba la pregunta. Se puso roja como un tomate. Emir arqueó una ceja y esbozó una sonrisa burlona.

–¿Lista para seguir?

–Claro –le confirmó ella, **poniéndose erguida.**

Estaba loca por él. No **tenía** sentido negarlo. Y

no había forma de pensar con claridad teniéndole tan cerca.

–Hay algunos puntos que me gustaría discutir –dijo él, mirándola a los ojos.

Ella se volvió hacia los documentos, aliviada.

–Necesito más tiempo.

–¿En serio?

Britt tragó en seco al ver la expresión de sus ojos.

–Creo que no deberíamos precipitar...

–Yo también creo que no debemos cerrarnos puertas.

¿Aún hablaban de negocios?

Le explicó que no podía tomar decisiones sin contar con el resto de accionistas.

–Y tengo que tomar muestras de la mina antes de que el consorcio haga una inversión tan grande.

Las alarmas se dispararon en la mente de Britt. No podía pensar en otra cosa que no fueran esas noches de luna llena en el desierto. Nunca antes se había distraído tanto en una reunión.

–Aquí está tu copia de mis previsiones –dijo ella, cerrando la carpeta para indicar el fin de la reunión.

–Tengo las mías propias. Gracias.

Britt se vio sacudida por una oleada de soberbia. Tuvo que obligarse a recordar que el Jeque Negro podía desestabilizar un gobierno con un simple rumor.

–Antes de terminar... Hay algo aquí en la segunda página... –dijo él, inclinándose hacia ella.

–Sí. Lo veo –dijo ella, tratando de ignorar la fragancia embriagadora de Emir. Esas manos poderosas, esos dedos fuertes...

Él la sorprendió mirándole y la hizo sonrojarse de nuevo. Era absurdo. Se estaba comportando como una adolescente en una primera cita.

Soltando el aliento con nerviosismo, Britt se echó hacia atrás en su silla, decidida a recuperar el control.

–Parece que has obviado algo importante –dijo Sharif, sin darle un respiro. Señaló otro párrafo.

Britt nunca pasaba nada por alto. Era muy meticulosa con los negocios, pero Emir parecía haber encontrado un pequeño error.

–Esta cláusula no puede estar –dijo él, tachándola con su bolígrafo.

–Bueno, un momento...

Britt se le quedó mirando con cara de estupefacción.

–No –dijo con firmeza–. Esa cláusula se queda, y todo lo demás también hasta que hablemos más en profundidad. Esta parte de la reunión ha terminado.

Él se echó hacia atrás al tiempo que ella se ponía de pie.

De repente se interpuso en su camino.

–Pareces algo molesta –le dijo–. Y no quiero que esta primera entrevista termine de esta manera.

–Meter a inversores externos es un gran paso para mí...

–Britt...

El roce de la mano de Emir sobre la piel tuvo el efecto de una cerilla encendida.

–Suéltame, por favor –le advirtió en un tono calmo. La voz le temblaba, no obstante.

Él murmuró algo en su lengua natal. Bien podría haber sido un hechizo.

Britt se volvió hacia él. De repente ya no quería irse a ningún lado.

–Me parece que tenemos un pequeño problema con los plazos, Britt. Pero hay una solución, si me lo permites.

Había un brillo especial en sus ojos oscuros, un destello sarcástico.

Al principio Britt pensó que no le había entendido bien, pero no había lugar a dudas, y la solución que proponía no era nada nuevo. Ya llevaba un tiempo pensando en ello.

Pero ningún hombre de negocios respetable iba a arriesgarse a algo así cuando solo hacía una hora que la conocía...

Sintió su mano sobre la barbilla. Se acercó más a él. De repente la reunión ya no era de negocios. Era un encuentro entre un hombre y una mujer que se sentían atraídos el uno por el otro.

Su mirada prometía algo extraordinario. ¿Cómo sería sentir sus brazos alrededor? ¿Cómo sería una noche de placer con él?

Britt debió de moverse hacia él inconscientemente. De repente estaba en sus brazos.

–Vaya, Britt –dijo él en un tono burlón–. Si hubiera sabido que era esto lo que deseabas tanto, estoy seguro de que hubiéramos podido preparar algo antes de la reunión.

En otras circunstancias una insinuación tan directa la hubiera escandalizado, pero en ese momento le deseaba aún más por ello. Sintió el roce de sus dedos sobre los labios y algo se encendió en su interior.

El reloj seguía su curso implacable y la tensión crecía. Él le sostenía la mirada con insolencia y descaro.

De pronto le sujetó las mejillas con unas manos cálidas, ligeramente curtidas, y entonces le dio un beso que empezó con timidez para luego volverse brutal.

No fue sometimiento. Fue un encuentro de dos fuerzas iguales, un contacto fiero entre dos personas que sabían exactamente lo que querían.

Emir la acorraló contra la mesa de juntas y empezó a quitarle la ropa.

Britt hizo lo mismo, respirando con dificultad.

Él echó a un lado su chaqueta. Ella le aflojó la corbata y se la arrancó del cuello. Él le abrió la blusa con un gesto brusco mientras ella batallaba con los botones de su camisa.

De repente la agarró de las nalgas y la atrajo hacia sí. Britt dejó escapar un grito. Le quitó las medias, las braguitas... Era una carrera para ver quien se libraba de las barreras con más rapidez. Se abandonó toda lógica y razón. Se convirtieron en un torbellino caliente de brazos y piernas, de jadeos y caricias. Pero él mantenía la calma. Se mantenía firme, fuerte, seguro. Era tan agradable tocarle...

Demasiado agradable. Nunca había sentido nada parecido por un hombre.

Peligro.

Un hombre como ese podía cambiarle la vida. No sería capaz de alejarse con una sonrisa en los labios.

Haciendo uso de toda su fuerza de voluntad, Britt hizo callar a esa voz que gritaba en su interior. Deseaba con locura lo que estaba ocurriendo. Lo necesitaba. Su fantasía se hacía realidad y no veía por qué no podía dejarse llevar por el instinto más primitivo. ¿Por qué no iba a hacerlo?

Emir era enorme. Todo era proporcionado en él.

¿Estaba lista para algo así?

Él disipó todas sus dudas en cuanto empezó a acariciarle los pechos. Gimiendo, se echó hacia atrás y le dejó hacer lo que quisiera con ella. Aunque solo fuera por una vez, quería sentir que no tenía que liderar ni luchar. Solo por una vez quería ser la mujer que siempre había soñado ser, una mujer irresistible, adorada, deseada...

«¿Qué pensará él de ti?...», dijo esa voz incansable de repente.

Daba igual lo que pensara de ella.

Daba igual.

Capítulo 3

BRITT era hermosa, estaba dispuesta y él tenía necesidades que cubrir.

Además, decir que estaba dispuesta era decir poco. La mayor de las Skavanga era una gata salvaje con un cuerpo fuerte, firme y voluptuoso. Tenía unos pechos increíbles, llenos y respingones.

Sharif se tomó su tiempo para acariciarlos y masajearlos. Le rodeó los pezones con las uñas de los pulgares. Ella estaba tan receptiva, tan impaciente. Tenía los pezones duros, apuntando hacia él. Empezó a besarla en el cuello y siguió descendiendo. Una parte de él ya se arrepentía de haber perdido tanto tiempo. Ella se estremecía de deseo al sentir el rastro de fuego que le dejaban sus dedos sobre la piel, borrando el polvo que le había quedado tras haber cambiado la rueda.

—Ahora ya estás limpia —dijo él, sonriendo.

Ella se rió de una forma muy sexy y esperó a que él reanudara ese asalto sensorial.

—¿Quieres que te quite el hambre? —le preguntó él.

—¿Quieres que te la quite yo a ti?

–Si eso es lo que quieres, dime qué te gustaría.

Ella levantó la vista. Se había ruborizado.

No sabía si creerle o no.

–Lo digo en serio –dijo él tranquilamente.

–Por favor...

Mientras ella le suplicaba, Sharif pensó que el tiempo que había pensado pasar en Skavanga no era suficiente. Deslizó los dedos sobre sus preciosos pechos y entonces continuó bajando hasta trazar la curva de su abdomen. Le levantó la falda y le separó los muslos. Ella le facilitó las cosas.

Sharif comenzó a explorarle la entrepierna. Ella gimió de placer y echó las caderas hacia delante, buscando más contacto. Lo único que deseaba era hacerla suya en ese momento. Agarrándose a sus brazos, Britt se inclinó contra la mesa y empezó a jadear, loca de lujuria. Abrió las piernas un poco más y le mostró una mujer muy distinta a la que aparecía en esa fotografía que había visto en Londres. Esa era la mujer que estaba escondida en su interior. No se había equivocado.

–Eres bastante clínico con todo esto, ¿no? –susurró Britt durante un momento de lucidez.

Él la observaba mientras le daba placer.

El deber podía hacerle algo así a un hombre. El Jeque Negro jamás perdía el control. Nacido en segundo lugar e hijo de una tercera esposa, nunca lo había tenido fácil en la vida. Había visto la crueldad de los poderosos para con el pueblo...

La experiencia le había endurecido hasta límites insospechados. Y se había vuelto frío. Tenía que serlo para luchar contra los tiranos que también eran sus familiares. No había lugar en su vida para nada más que una necesidad primitiva.

–No me hagas esperar –dijo Britt, casi rogándole.

Era una locura. Emir era frío, distante, pero también era el hombre más sexy que había visto jamás. Era intimidante, lejano, pero se había perdido en la telaraña erótica que él había tejido a su alrededor. Necesitaba más, más presión, más contacto, más de él. Cuando más distante se mostraba, más le deseaba. El ansia que había despertado en su interior era insoportable. Necesitaba sentir sus caricias.

Un grito de excitación se le escapó de los labios al sentir el empuje de su erección contra el vientre. Comenzó a frotarse contra él sin vergüenza, gimiendo de placer. Con cada deliciosa contracción de sus terminaciones nerviosas, era capaz de anticipar lo que estaba por venir. Emir tenía el cuerpo de un guerrero. Era más poderoso de lo que había imaginado y, sin embargo, usaba las manos con tanta delicadeza... Enredó los dedos en su copioso pelo negro y le atrajo hacia sí. Él respondió agarrándola de la nuca para mantenerla en su sitio al tiempo que le daba un beso fulminante. Con un movimiento rápido tiró al suelo todo lo que había sobre la mesa, la levantó en el aire y la mantuvo suspendida en el borde. Se movió entre sus piernas y se las hizo abrir más.

–Rodéame con las piernas –le ordenó.

Britt nunca había obedecido las órdenes de un

hombre en toda su vida, pero esa vez lo hizo sin vacilar. Apoyó las manos en la mesa, arqueó la espalda y echó los pechos hacia delante.

–Dime qué quieres, Britt.

–Ya sabes lo que quiero.

–Pero tienes que decírmelo –le dijo él en voz baja.

Britt sintió que se le secaba la garganta. Cuanto más brusco era con ella, más se excitaba. Nadie la había llevado al límite de esa manera. ¿Cómo se había creído tan liberal en el sexo? Era una novata comparada con Emir.

–Dilo.

Britt tenía el rostro ardiendo. Nadie le hablaba así jamás. Nadie le decía lo que tenía que hacer. Pero a su cuerpo le gustaba lo que estaba pasando, y respondía con entusiasmo.

–Sí –dijo ella–. Sí, por favor –repitió, y entonces le describió exactamente lo que quería que le hiciera, con todo lujo de detalles.

Sharif casi sonrió.

–Creo que podré arreglármelas –le dijo con sequedad–. Mi única preocupación es que es posible que no tengamos tiempo suficiente para cubrir tu lista de deseos.

–A lo mejor en otra ocasión –dijo ella. Miró hacia la puerta. ¿Cómo había podido olvidar que no estaba cerrada con llave?

Justo cuando iba a hacer algo al respecto, sintió una caricia de Emir, un roce irresistible que la dejó clavada en el sitio.

–¿No te gustan los riesgos? –le preguntó él, como si le leyera la mente.

Ella le miró. De repente los riesgos le encantaban.

–Abrázame, sujétame –le dijo él–. Úsame. Toma lo que necesites.

Britt titubeó un instante. Nadie le había dado nunca tanta libertad. Movió las manos entre sus piernas para hacer lo que él le decía. Hacían falta las dos para rodear su grueso miembro.

–Estoy esperando.

Consciente de esos ojos peligrosos que la atravesaban, Britt lo intentó una vez, y después otra, con más firmeza...

Tomando el control, Emir empujó ligeramente y metió la punta dentro de ella. Ella contuvo el aliento. Iba a apartarse, pero él le agarró el trasero con fuerza y la atrajo hacia sí.

–¿De qué tienes miedo? –le preguntó, mirándola fijamente–. Ya sabes que no voy a hacerte daño.

Britt no le conocía en absoluto, pero por alguna extraña razón, se fiaba de él.

–Es que estoy...

–Hambrienta. Lo sé.

Britt emitió un sonido de puro placer. Había jugado con chicos, pero Emir era un hombre, como ningún otro.

–¿No soy suficiente para ti? –le preguntó él, mofándose.

Ella levantó la barbilla.

–¿Tú qué crees?

Sharif le dijo exactamente lo que pensaba y, sin darle tiempo a recuperar el aliento, la besó y empujó con todas sus fuerzas, adentrándose en ella hasta el fondo. Durante unos segundos, Britt fue incapaz de pensar o de moverse. Incluso le costaba respirar. Nunca se cansaría de lo que estaba experimentando en ese momento. No era placer. Era una adicción. Jamás tendría bastante. La sensación de estar llena de él la llevaba directamente al éxtasis.

–No –dijo él rápidamente–. Yo te digo cuándo. Mírame, Britt –le dijo con fiereza.

Britt le miró a los ojos. Le obedecería. Pagaría el precio que hiciera falta para seguir adelante.

–Ahora –susurró bruscamente.

La sujetó con fuerza y la dejó mecerse al ritmo de un orgasmo violento. Se fiaba más de su propia fuerza que de la mesa, así que la sostuvo en el aire un momento. No podía hacer nada para sofocar sus gemidos, pero sí podía hacerla callar con un beso.

Cuando la soltó por fin, ella contuvo el aliento y pronunció su nombre. La sujetó contra el borde de la mesa y la acarició con sutileza. Se retiró con cuidado y la ayudó a ponerse de pie. Le apartó el pelo húmedo de la cara y contempló sus ojos aturdidos. Esperó a que se recuperara.

La única cosa que no había esperado sentir era el ansia que le atenazaba el pecho. No había esperado sentir nada.

–Vaya –susurró ella contra el pecho desnudo de Sharif.

–¿Te encuentras bien?

Ella levantó la vista. Se incorporó y puso sus emociones a buen recaudo.

–Hay dos aseos –le dijo en un tono casi profesional–. Puedes usar el que está al lado de la sala de juntas. Yo tengo el mío propio en el despacho. Podemos seguir con la reunión en un cuarto de hora.

Sharif la vio marchar con una sonrisa de incredulidad y admiración en los labios. Ella atravesó la estancia con la frente bien alta, como una reina. De haber sido cualquier otra persona, hubiera sido un poco absurdo, pero con Britt Skavanga las cosas eran distintas.

Sharif se arregló rápidamente en el aseo. Para su sorpresa, allí había de todo, desde toallitas de la mejor calidad hasta champú. ¿Acaso lo había hecho antes? ¿Era una costumbre para ella?

¿Y por qué le importaba?

Regresó a la sala de juntas y allí estaba ella. Parecía otra persona, dueña de sí misma, impertérrita, como si nada hubiera pasado.

Britt se odiaba a sí misma. Se odiaba por lo que había hecho. Perder el control de esa manera no era propio de ella. Ese momento de debilidad no podía volver a repetirse. Tenía que mantener el control en todo momento.

–¿Pasa algo, Britt? –le preguntó Emir de repente, devolviéndola al presente.

–No. Nada.

–Muy bien –dijo él.

Y decían los rumores que era la más dura de los Diamantes de Skavanga...

Lágrimas de vergüenza se agolparon en sus ojos. No podía volver a cometer semejante error.

–Es que tengo alergia –le explicó rápidamente al ver que Emir la miraba con ojos de sospecha.

–¿En Skavanga? –le preguntó él, contemplando el paisaje invernal.

–Tenemos polen –dijo ella con frialdad y cambió de tema.

Sin saber muy bien cómo logró llegar a la segunda parte de la reunión. Muchas cosas dependían del resultado de esa entrevista y no podía estropearlo todo por no tener la mente clara. Concluyó la negociación con una afirmación cuidadosamente ensayada.

Por lo menos podía decirles a sus hermanas que no se había visto obligada a ceder en algo fundamental.

Emir parecía listo para pasar a la segunda fase, la cual incluía una visita a la mina.

–Estoy deseando ir –le dijo él.

No había nada en sus ojos que indicara un interés más allá de los negocios. El momento de pasión que acababan de compartir no había significado nada para él.

¿Y por qué iba a ser de otra manera? No le había impresionado, pero eso tampoco tenía por qué importarle.

–¿Eso es todo? –le preguntó él, recogiendo sus papeles–. Supongo que querrás empezar pronto por la mañana si vamos a ir a la mina.

La mina estaba a muchos kilómetros de todas partes. El único sitio en el que se podían quedar era la vieja cabaña que su tatarabuelo había construido. El lugar estaba totalmente aislado, y no vivía nadie en las inmediaciones.

Consciente de su propia debilidad, Britt pensó que quizás fuera mejor que le acompañara algún otro empleado de Skavanga Mining, pero...

No quería parecer una cobarde. Además, tampoco tenía por qué tenerle miedo.

–Sí. Me gustaría salir pronto, aunque tengo que decirte que no hay ninguna clase de lujos en la cabaña. Es bastante rústico todo.

–Quitando la diferencia de temperatura, el Ártico es como el desierto.

–Mi tatarabuelo construyó la cabaña. Es muy vieja.

–Tienes suerte de tener algo tan especial por lo que recordarle.

Britt se le quedó mirando un segundo. Ese había sido un comentario muy extraño...

Se miraron durante un momento hasta que ella se obligó a apartar la vista. No era el momento de imaginar vínculos absurdos. Era mejor recordar las palabras de Eva acerca del recibimiento nórdico.

¿Seguiría sintiéndose tan seguro de sí mismo después de un baño de fuego y hielo?

Capítulo 4

DURANTE las primeras horas de la expedición averiguó más de lo que había leído en todos los informes sobre Britt Skavanga. Era inteligente, organizada, enérgica y un tanto traviesa cuando se lo proponía. Tenía que permanecer en guardia.

Le había llamado a las cinco y media de la mañana, solo para ver si estaba despierto, según le había dicho.

Sharif sospechaba, no obstante, que no había dormido después de ese encuentro furtivo, y probablemente quisiera ver si él también había pasado la noche en vela. Pero él era demasiado listo como para delatarse tan fácilmente.

Poco antes del amanecer, su todoterreno se había detenido delante del hotel. En esa época del año hacía luz casi las veinticuatro horas del día en Skavanga.

Él la estaba esperando junto a la puerta. Su pelo resplandecía como el trigo recién cosechado, y se había puesto un gorro de lana azul. Tenía los labios y las mejillas sonrosadas y llevaba unos pantalones negros metidos por dentro de las botas. Encima de todo llevaba un impermeable rojo con la cremallera subida hasta el cuello. Parecía fresca y despierta, decidida.

–Britt...

–Emir...

El saludo fue frío. Ella le miró de arriba abajo.

–¿Qué tal el hotel? –le preguntó por cortesía, ya en el coche.

–Muy bien. Gracias –contestó él, mirándola a la cara.

Ella le dedicó una mirada y entonces se ruborizó. Estaba recordando lo de la sala de juntas, al igual que él.

Conducía bien y rápido por esos caminos traicioneros, y solo aminoró cuando un ciervo y unos zorros rojos cruzaron el camino. Poco después, no obstante, se adentraron en una zona deshabitada. La carretera de hielo estaba flanqueada por gruesas paredes de nieve acumulada, pero ella seguía conduciendo a más de ciento diez kilómetros por hora, y le rechazó cuando se ofreció a conducir. Le dijo que conocía bien el camino.

–Llegaremos pronto –añadió.

Llevaban un buen rato yendo cuesta arriba, subiendo por la ladera de la montaña. Las paredes de hielo se quedaban atrás. A sus pies se extendía la inmensidad de un lago congelado de color gris.

–La mina está justo ahí abajo –dijo ella al verle estirarse para mirar.

Sharif se preguntó qué otros placeres le aguardaban en Skavanga.

Emir parecía encontrarse muy a gusto en ese paisaje de hielo, a diferencia de la mayoría de la gente que visitaba Skavanga. Ella conocía el lugar como la palma de su mano y, sin embargo, nunca se sentía del todo segura.

–¿En qué estás pensando? –le preguntó él de repente.

–Estaba pensando en comida. ¿Y tú?

–Bueno.

Ella le miró y sintió que el corazón le daba un vuelco. Nunca se acostumbraría a mirarle de frente. Por esos ojos engañosamente adormilados hubiera caminado descalza sobre la nieve, pero él no tenía por qué saberlo.

–Se come muy bien en la mina. Y los empleados de la cocina nos habrán surtido la nevera. La comida tiene que ser excelente cuando la gente está tan aislada. Es uno de los pocos placeres que se pueden permitir.

–Yo no estaría tan seguro de eso.

–Los hombres y las mujeres duermen en módulos distintos.

–Muy bien.

–Parece que sabes mucho del tema.

–Es igual para la gente que trabaja en el desierto.

–Oh, entiendo.

–Bien –dijo él, ignorando ese tono afilado–. Voy a dormir un rato ahora, si no te importa.

–En absoluto.

Un rato más tarde abandonaron el camino principal.

–Lo siento –exclamó Britt de repente.

El todoterreno había entrado bruscamente en el sendero del bosque.

Emir se despertó de golpe.

–No te preocupes. Si quieres que conduzca...

–No. Gracias.

De pronto sintió una mano sobre la suya propia.

–Tómatelo con calma –le dijo, estabilizando el volante, que no dejaba de vibrar.

–Llevo conduciendo por estos caminos desde que era una niña.

–Entonces me sorprende que no conozcas los peligros de la nieve cuando se derrite.

Definitivamente Emir se merecía un baño en la sauna y un chapuzón en el lago helado después.

–Ya casi hemos llegado –dijo Britt.

–Bien.

¿Era una sonrisa lo que notaba en su voz? ¿Estaba deseando llegar a esa cabaña aislada? Cada vez más incómoda, Britt se movió en su asiento. Se preguntó a sí misma por qué reaccionaba así.

–No tienes que explicarme nada, Britt– Me gusta este lugar. Olvidas que... –dijo Emir al tiempo que el vehículo se detenía delante de la casita–. El desierto es mi hogar.

Britt sintió un enojo repentino. De repente estaba enfadada al verle tan entusiasmado con todo. Pero estaba aún más enfadada consigo misma porque él tenía razón. Esa tierra baldía donde vivía era hermosa, única. Contempló el lago helado. Lo estaba viendo a través de los ojos de él, y le parecía todo distinto de pronto.

—Esto es magnífico —exclamó él cuando bajaron del todoterreno.

Britt se puso tensa al sentirle a su lado. Su corazón latía más rápido de lo normal. No quería fijarse en lo guapo que estaba con esa chaqueta oscura y las botas de nieve. Emir irradiaba algo más que cualquier otro hombre. Tenía la fuerza a la que todo el mundo querría aferrarse durante una tormenta de nieve.

Pero también parecía peligroso. Britt se separó un poco.

El lago era maravilloso. Tenía kilómetros de longitud y estaba flanqueado por cordilleras afiladas que se perdían entre las nubes. Un espeso bosque de pinos ascendía por la colina hasta que las raíces ya no tenían nada a lo que aferrarse.

Sin embargo, el silencio era lo más imponente de todo. Era pesado, absoluto. Era como si el mundo entero estuviera conteniendo el aliento. De pronto Emir se volvió hacia la cabaña. Un águila graznó.

Britt sonrió.

—Voy a buscar las cosas —dijo él y fue hacia el coche.

Ella sonrió y se dirigió hacia la puerta de la casa. Siempre se sentía feliz en ese lugar. Allí no existían los problemas. Mantendría las cosas en un plano ligero y profesional, y olvidaría lo ocurrido en la sala de juntas.

Emir la alcanzó justo en la puerta. Lo primero que le preguntó fue a qué distancia estaba la mina.

Dándole la espalda, Britt hizo una mueca. Olvidar lo que había pasado entre ellos iba a ser más fácil de lo que pensaba. Emir ya estaba pensando en los negocios y ni siquiera habían entrado en la casa.

–¿A qué distancia está la mina entonces? ¿Cuánto tiempo nos llevará por carretera?

–Depende del tiempo –giró la llave en el cerrojo–. Yo diría que unos diez minutos.

–¿Podemos dar un vuelta hoy? –le preguntó él, sujetándole la puerta.

Parecía tener más prisa de lo que ella pensaba.

–La mina está abierta las veinticuatro horas. Podemos ir en cuanto estés listo.

–Entonces me refresco un poco y vamos. Si te parece bien...

–Me parece bien.

Britt tuvo que contener las ganas de echarse a reír. Nunca había conocido a nadie que se pareciera tanto a ella.

Le quitó su bolsa de las manos y se la colgó del hombro.

–Bienvenido –le dijo, entrando en la casa.

–Muy bonito –comentó él, mirando a su alrededor.

Él hacía que todo pareciera pequeño en comparación. La cabaña había sido construida por un hombre grande, para hombres grandes, pero todo resultaba muy acogedor. Reflejaba la personalidad del hombre con el que había empezado la dinastía Skavanga. Sin tener nada más que mucha fuerza de voluntad, el abuelo de Britt había sacado los primeros minerales con sus propias manos. No había nada de lo que avergonzarse en la cabaña. Allí solo se podía sentir orgullosa.

–¿Qué? –dijo Emir al ver que le miraba con insistencia.

–Eres el único hombre, aparte de mi hermano, que me hace sentir pequeña –dijo, intentando que no pareciera un cumplido.

–Entiendo que estás hablando de tu hermano Tyr, ¿no?

–Mi hermano perdido, Tyr.

–Te aseguro que lo último que deseo es hacerte sentir pequeña.

–No... Bueno, no de esa manera. ¿Cuánto mides?

–Suficiente.

Había un destello de humor en su mirada. A lo mejor las cosas no se pondrían tan mal después de todo. A lo mejor incluso podían llegar a hacer negocios mientras disfrutaban de una bonita estancia.

–¿Me vas a enseñar mi habitación?

–Sí, claro.

Britt subió las escaleras de madera y le hizo entrar en un dormitorio confortable con baño incluido.

–Dormirás aquí. Hay muchas toallas en el cuarto de baño, y no falta el agua caliente, así que no te cohíbas. Llámame si necesitas algo.

–Excelente. Gracias por acogerme aquí –exclamó.

Ella ya había bajado las escaleras.

–¿Qué querías? ¿Que te llevara de acampada a la mina? –Britt se rió–. Bueno, hay barracones... por si prefieres quedarte allí.

–Mejor aquí. Gracias... Britt...

–¿Qué? –con el corazón desbocado, Britt le dio la espalda a la ventana y al paisaje nevado. Sonrió.

–¿Las llaves de la ventana? –Emir estaba en el rellano, mirándola–. Hace mucho calor aquí.

–Lo siento.

Britt corrió escaleras arriba. La calefacción central que había instalado siempre estaba a pleno rendimiento cuando tenían visita. Podía regularla desde el teléfono móvil–. Te sugiero que dejes la ventana abierta hasta que la habitación se enfríe un poco.

Abrió la ventana y le mostró dónde podía colgar la llave.

–Esta habitación es preciosa, Britt.

La habitación estaba muy bien amueblada. La cama estaba cubierta con un edredón de plumas muy grueso. Los muebles eran robustos y las cortinas hacían juego con las paredes de madera.

–Me alegro de que te guste.

Britt no tuvo más remedio que mirarle en ese momento, pero echó a andar hacia la puerta sin perder tiempo.

–¿Estos son tus abuelos?

Britt no quería darse la vuelta, pero ¿cómo iba a ignorarle si le estaba preguntando por esas viejas fotos en tono sepia que estaban colgadas en la pared?

–Este es mi tatarabuelo –le dijo, deteniéndose a su lado un instante.

Dio media vuelta para salir. Él estaba apoyado contra la puerta.

–Disculpa...

Él se puso erguido y se echó a un lado sin más.

Cuando llegó al rellano de la escalera, no pudo resistir la tentación de darse la vuelta para ver si la seguía observando.

Nada más volverse, no obstante, se arrepintió profundamente de haberlo hecho. ¿Qué significaba esa mirada burlona?

—Voy a darme una ducha rápida y te veo fuera dentro de diez minutos —exclamó ella, subiendo el último tramo de escaleras, que llevaba a su habitación del ático.

Cerró la puerta de golpe y se recostó un momento contra ella. Decirle que sí a Emir era lo más fácil del mundo, pero decirle que no requería un esfuerzo titánico, mucha disciplina, y no estaba segura de tenerla.

Pero tenía que tenerla.

Mientras se duchaba, eso fue lo único en lo que pensó. Cualquier otra cosa era debilidad.

La casa tenía tres habitaciones y la suya era la del ático. La había escogido de niña porque así podía estar sola allí arriba. Siempre le había gustado el techo a dos aguas con las vigas al descubierto. Parecía sacado de un cuento de hadas. Cuando era pequeña podía ver el cielo y las montañas si se ponía de pie sobre la cama, y cuando estaba sola podía ser quien quisiera ser. A lo largo de los años había coleccionado cosas que la hacían sentir bien. Su abuela hacía mantas de *patchwork*. Su abuelo había tallado el cabecero de la cama. Esos tesoros de familia lo eran todo para ella. Eran muchos más preciados que el mejor de los diamantes, pero esos diamantes de la

mina también podían hacerle mucho bien a Skavanga, la ciudad que habían construido sus ancestros.

Mientras jugueteaba con unas horquillas, Britt
pensó que tenía que ganarse el visto bueno de Emir.
Eran los mismos adornos de pelo que usaba cuando
era una adolescente. Los recogió y los puso contra
su pelo rubio y largo para ver el efecto en el espejo.
Ni siquiera había cambiado el desvencijado taburete
que estaba delante del tocador porque su abuela lo
había cosido a mano, y porque le recordaba a la niña
que había sido, al igual que los libros que estaban
sobre la mesita de noche. Esa casa era muy distinta
al ático donde vivía en el centro de Skavanga.

Fue hacia una ventana. Ya no necesitaba subirse
a la cama para mirar hacia afuera. La mina de Skavanga lo era todo para sus padres, pero no habían
podido mantenerla...

Porque su padre era un borracho.

Sacudió la cabeza, ahuyentó el recuerdo. Sus padres lo habían intentado.

Mientras miraba por la ventana, la cabaña de la
sauna llamó su atención. Estaba junto al lago. Tenía
un enorme sombrero de nieve y varias filas de ramitas de abedul colgaban junto a la puerta. De repente
recordó la broma de Eva y una sonrisa se dibujó en
sus labios.

Vio una sombra en la nieve. Dio un paso atrás de
forma automática. Soltó la toalla, abrió los cajones
del viejo baúl de madera y sacó ropa invernal ligera,
un suéter, pantalones impermeables y calcetines muy
gruesos. El corazón le latía demasiado rápido, pero

no podía evitarlo. Era como si fuera a tener una cita en vez de ir a enseñarle una mina a un hombre que iba a llenarle los bolsillos a su jefe a costa del trabajo de su familia.

Volvió a acercarse a la ventana, dio un golpecito en el cristal para llamar su atención y entonces abrió la mano para decirle que bajaba enseguida... después de arreglarse un poco el pelo y ponerse brillo de labios.

«Traidora...», pensó, discutiendo con esa voz interior que se empeñaba en llevarle la contraria.

A todo el mundo le gustaba sentirse bien. No tenía nada que ver con Emir.

Él tenía las llaves de la cabaña y también las del coche. Cuando Britt apareció en la puerta ya estaba sentado frente al volante.

Al verla bajó y fue a cerrar.

Ella extendió la mano para que le diera las llaves.

—Yo me las quedo —dijo él, metiéndoselas en el bolsillo de su abrigo.

La mirada de Britt se volvió de piedra.

—Yo también voy a conducir —añadió.

Britt le miró un segundo y entonces subió por el lado del acompañante.

—Sé adónde vamos.

—Entonces puedes guiarme —dijo él, arrancando a toda pastilla—. Voy a quitar el navegador.

Ella casi gruñó al oír el comentario.

—¿Por qué no me dejas conducir?

–¿Por qué no me diriges? –le preguntó él–. A veces está bien compartir la carga.

Al salir, Sharif la vio mirar hacia la sauna que estaba junto al lago. Parecía lista para ser usada.

Viajaron en silencio por la carretera, resguardada por árboles a ambos lados. La nieve se acumulaba a ambos lados del camino. Los altos pinos se encorvaban bajo el peso de los copos. El aire era gélido y una espesa neblina lo cubría todo. Cuando llegaron a la carretera principal la nieve empezaba a caer con más fuerza. Las marcas de los neumáticos ya no se veían y los limpiaparabrisas trabajaban sin descanso.

–¿Izquierda o derecha? –le preguntó Sharif, aminorando.

–Si me hubieras dejado conducir...

Él tiró del freno de mano.

–Izquierda.

Sharif giró el volante. Britt tiró del gorro de lana que llevaba y el pelo le cayó en cascada sobre la cara. Si quería llamar su atención, no había estrategia mejor que esa. Sharif sonrió para sí al verla recogérselo de nuevo con brusquedad.

–Debes de estar cansada –le dijo.

–No soy tan frágil como te crees –dijo ella, volviéndose hacia la ventanilla.

Sharif guardó silencio. Sabía que no era tan frágil, pero si en algún momento le faltaban fuerzas, estaría allí para ella.

Era una locura, pero Britt Skavanga se le había metido debajo de la piel.

Capítulo 5

A EMIR le bastó con media hora para saber lo que hacía falta en la mina para llevarla a otro nivel. Horadar el núcleo ártico requeriría máquinas muy potentes y también mucho espacio para su instalación. La inversión sin duda sería colosal. Con una suma tan grande en juego, lo supervisaría todo personalmente.

A la vuelta, Britt se llevó una gran sorpresa al ver que le daba las llaves del coche.

—Una vez se hayan tomado las muestras, podemos empezar a fijar una dinámica de trabajo —le dijo cuando se pusieron en marcha.

—Estoy segura de que los resultados no te van a defraudar. Los mejores cerebros de Europa me han hecho informes y todos han llegado a la misma conclusión. La mina de Skavanga parece ser el mayor yacimiento de diamantes de la historia.

Britt se puso tensa al verle acomodarse en el asiento.

—¿Qué te parece la mina ahora que la has visto? ¿Vas a hacer un buen informe? Me han hecho otras ofertas —le dijo, aunque fuera mentira. No quería parecer tan necesitada.

–Si has tenido otras ofertas, entonces tienes que tenerlas todas en cuenta.

–Me hubiera gustado que Tyr se ocupara de esto, pero llevamos años sin verle.

–Eso no quiere decir que no esté por aquí.

–Voy a hablar con mis abogados cuando regresemos, a ver si pueden encontrarle. Imagino que tú tendrás que hablar con tu jefe, antes de hacer el próximo movimiento –le miró fugazmente, pero lo único que obtuvo de él fue una sonrisa arrolladora.

Subió la calefacción. Tenía hielo en las venas.

–¿Por qué no vas un rato a la sauna? –le sugirió él al verla estremecerse.

–Eso suena bien. Seguro que a ti también te vendrá bien.

–Seguro.

Al bajar del todoterreno, el cambio brusco de temperatura les hizo guardar silencio durante unos segundos. El cielo estaba gris, pero la Aurora Boreal empezaba a cruzar el firmamento como si una banda de gigantes portara banderas luminiscentes. Era una imagen sobrecogedora.

Ambos levantaron la vista para contemplar el espectáculo. El aire cortaba y el aliento se congelaba instantáneamente.

El frío les hizo echar a andar finalmente.

La cabaña de la sauna parecía una casa gigante de pan de jengibre, cubierta de una gruesa capa de nieve. Ese también era un lugar especial. Darse un baño en la sauna era uno de sus rituales favoritos. Era la única forma de descongelar los huesos en Skavanga.

–¿No hay vestuarios? –le preguntó Emir.

–Ni siquiera hay ducha –le dijo ella, preguntándose si se lo estaba pensando mejor–. Nos damos un baño en el lago después.

–Muy bien –dijo Sharif, mirando hacia el lago. Parecía una pista de patinaje.

Britt no pudo evitar fijarse en sus labios sexys. No había nada en él que no fuera sexy y no podía negar que estaba deseando verle sin ropa. Hasta ese momento los encuentros habían sido precipitados, pero no podía haber prisa en una sauna. Tendría todo el tiempo del mundo para admirarle.

Emir abrió el compartimento donde se guardaba la sierra mecánica, pero su cara no fue de alegría precisamente cuando Britt la arrancó. Ella se volvió, lista para decirle que llevaba desde los trece años haciendo agujeros en el hielo, pero no tuvo tiempo de articular palabra. Él ya se había quitado la ropa y podía causarle muchos problemas quedándose allí de pie. ¿Cómo iba a mirarle a la cara todo el tiempo?

–Yo cortaré el hielo. Tú entra. La sauna lleva un rato encendida. Debería estar perfecta. Echa un poco más de agua sobre las piedras calientes...

Emir le hizo caso y entró en la cabaña.

Britt hizo el agujero en el hielo y se desnudó. La ropa interior no se la quitó. No suponía mucha protección en esas circunstancias, pero al menos la hacía sentirse más segura.

Encontró a Emir apoyado sobre el banco de madera, relajado y completamente desnudo.

Se sentó en un extremo, lejos de él, pero no era capaz de acomodarse.

–¿Demasiado caliente? –le preguntó él al verla cambiar de posición una y otra vez.

Tenía los ojos cerrados, pero Britt sabía que estaba al tanto de todo lo que ocurría a su alrededor. Además, esa sonrisa sutil le delataba. Le miró a la cara. Tenía las pestañas tan tupidas y negras que arrojaban sombras sobre sus mejillas. Sus cejas apuntaban hacia arriba como las de un tártaro salvaje de las llanuras de Rusia, o como las de un jeque...

Ahuyentó esos pensamientos rápidamente.

–Voy fuera a refrescarme un poco.

Emir abrió un ojo.

–Voy a nadar en el agujero.

–Entonces voy contigo.

–No hace falta –se apresuró a decir Britt, pero ya era demasiado tarde. Emir ya estaba de pie. Su presencia llenaba toda la cabaña. Una ola de arrepentimiento sacudió a Britt de arriba abajo. Debería haberse despedido de él en Skavanga. Un empleado podría haberle acompañado a la mina.

«¿Confías en alguna otra persona para cerrar este trato?», le preguntó una voz traviesa.

–No puedes irte a nadar en un lago de hielo tú sola.

–Llevo haciéndolo desde que era niña.

–Pero alguien te vigilaba entonces, supongo.

–Soy lo bastante mayor como para cuidar de mí misma.

–¿En serio?

La burla de Emir le estaba haciendo mella. ¿Y qué era lo que estaba mirando?

Cruzó los brazos rápidamente sobre el pecho.

–Voy a salir de todos modos –dijo él.

Agarró una toalla al salir y se la puso sobre los hombros.

–La necesitarás después.

Ella le dedicó una mirada de autosuficiencia y apretó los dientes, pensando en el impacto del agua helada.

Corrió hasta el lago, tiró la toalla en el último momento y se tiró de golpe, antes de cambiar de idea.

Podría haber gritado. En cuanto el agua helada entró en contacto con su piel, todo pensamiento racional la abandonó.

Salió rápidamente. Emir estaba en la orilla, esperándola con la toalla.

–Las vas a necesitar.

Se la dio sin decir ni una palabra más y se zambulló sin darle tiempo a hablar. Ella corrió hasta el borde. No había ni rastro de él. El único signo de movimiento eran unos pedazos de hielo que flotaban. El pánico se apoderó de Britt, y justo cuando se iba a tirar al agua para rescatarle, le vio emerger, riéndose.

Britt le tiró una toalla seca y entró en la sauna sin esperarle. Él se la puso alrededor de la cintura y fue tras ella.

–Increíble –sacudió la cabeza, lanzando gotitas de agua a su alrededor.

−Ya veo que lo has disfrutado mucho.

Al caer sobre las piedras calientes, el agua producía un siseo.

−Claro que sí. Solo puedo pensar en una cosa mejor.

Britt contuvo el aliento.

−La próxima vez me frotas con hielo... Definitivamente quiero más −le dijo, mirando por la ventana.

Volvió a acomodarse en el banco de madera y cerró los ojos.

−Te encanta este lugar, ¿no?

−Significa mucho para mí, y también la cabaña.

−Es lo que representa.

−Sí −dijo ella.

−Si yo viviera en Skavanga, vendría aquí a recargar las baterías.

Eso era lo que hacía Britt precisamente. A veces iba a la cabaña solo para cambiar de ritmo. Así se relajaba un poco y podía volver a la carga con fuerzas renovadas.

Y ya era hora de dejar de buscar puntos en común con él. No quería convencerse a sí misma de que el destino le estaba mandando señales. No había señal alguna.

−¿En qué estás pensando?

Tenía la barbilla apoyada en las rodillas cuando vio que Emir la miraba con insistencia.

−¿Por qué no te quitas la ropa interior? −sugirió él−. No creo que estés cómoda así con esa ropa empapada.

–Pronto se secará –dijo ella, manteniendo la cabeza baja.

Por el rabillo del ojo le vio encogerse de hombros.

–Voy a salir.

–Muy bien. Estoy listo para mi masaje con hielo, señorita Skavanga.

–Muy bien, tipo duro. Trae una toalla. Y no me eches la culpa si es demasiado para ti.

Emir esbozó una sonrisa de oreja a oreja.

Cuando era niña solía hacer el ángel sobre la nieve, así que se tiró al suelo sin esperar. El shock fue indescriptible, pero más allá del primer impacto también había placer. Todas sus terminaciones nerviosas gritaban en sincronía. La suave cama de nieve estaba muy fría, pero no tanto como el agua del lago. La sensación era revitalizante y le despejaba la mente.

¿Dónde estaba él?

De repente se dio cuenta de que no estaba a su lado. Se incorporó y miró a su alrededor. Nada.

Solo había silencio y nieve.

Le llamó, pero no obtuvo respuesta.

¿Acaso había vuelto a la cabaña?

Corrió hasta la ventana y miró dentro. Estaba vacía.

El lago...

Presa del miedo, se dirigió hacia el agua y entonces le vio, emergiendo en ese momento.

–Estás loco –le gritó–. Nunca se debe nadar solo en el lago. ¿Y si te pasa algo?

—Eso me suena —dijo él, saliendo del agua—. Me siento halagado de que te preocupes tanto.

—Claro que me preocupo —gritó ella, poniendo las manos en las caderas—. ¿Qué le voy a decir a tu gente si te pierdo en un lago helado? Ni se te ocurra reírte de mí —le advirtió—. No te atrevas.

—¿Qué? —la agarró de los brazos y la atrajo hacia sí.

Britt vio que bromeaba.

—¿No te dije que quería más? —Sharif esbozó una sonrisa.

Se miraron durante unos segundos y entonces Britt se soltó.

—¡Eres imposible! Eres irresponsable y eres un incordio.

—¿Algo más? —le preguntó él.

—¡Te mereces morir congelado!

—Vaya. Eso ha sido duro.

Britt se envolvió en las dos toallas y echó a andar.

—¡No hay quien te aguante! —le espetó por encima del hombro. No soportaba mirarle ni un segundo más.

—Vuelve aquí. No has cumplido con tu parte del trato —dijo él.

Ella se detuvo frente a la puerta de la sauna. La voz de Emir le había dado escalofríos.

—¿Mi parte del trato? —repitió, dándose la vuelta.

—El hielo —le dijo él, sosteniéndole la mirada.

—No me puedo creer que aún quieras más.

—No he tenido bastante.

Esos ojos negros tan sexys la taladraban.

—Tú lo has querido —Britt agarró dos puñados de nieve.

Aunque acabara de salir del agua helada, tenía el cuerpo muy caliente. El hielo se deslizaba suavemente sobre su piel bronceada. Le desaparecía entre los dedos.

No le quedaba más remedio que explorar su exquisito cuerpo masculino.

—Suficiente —dijo, retrocediendo.

Se había equivocado al pensar que podía hacerlo. ¿Cómo se le había ocurrido pensar que podía jugar con un hombre así?

Dio media vuelta y regresó a la cabaña. No le hacía falta verle la cara para saber que sonreía. Con manos temblorosas, abrió la puerta y fue a sentarse en un banco. Metió las rodillas por debajo de la barbilla.

Cuando él entró, ya había vuelto a ser la mujer profesional y precavida de siempre.

—Si tienes pensado bañarte de nuevo en el lago, házmelo saber. Olvídate del jeque. Ni siquiera tengo un número de contacto de alguno de tus familiares.

—Tu preocupación me abruma —le dijo Emir al tiempo que echaba otro cacito de agua caliente sobre las piedras.

—¿Adónde vas ahora? —le preguntó ella, al verle ir hacia la puerta.

—Voy a buscar una ramita de abedul —le dijo, como si ella tuviera que saberlo ya—. ¿Vienes?

Capítulo 6

ATRAPADA en un remolino de lujuria, Britt observaba a Emir mientras escogía una ramita de abedul. El corazón le latía sin ton ni son.

El proceso de selección era muy riguroso. Examinaba cada montón cuidadosamente y los probaba sobre sus musculosas pantorrillas.

Britt contenía el aliento cada vez que oía el ruido elástico de la vara al dar contra su piel. Llena de imágenes eróticas, la cabeza le daba vueltas.

Empezó a golpearse los hombros.

–¿Qué te parece? –le preguntó él. Sus ojos estaban llenos de humor.

–Creo que te dejaré con ello –le dijo ella, sacudiendo la cabeza y dándole carta blanca al turista que había en él.

–¿Por qué te has vuelto tan puritana de repente? –le preguntó él en un tono provocador.

Lo cierto era que tenía razón.

¿Por qué se mostraba tan estirada con él, si golpearse con ramitas de abedul era una tradición en Skavanga?

–¿No quieres probar? –le preguntó al ver que se iba.

Ella se detuvo.

–Puedo hacerlo en cualquier momento.

Fue hacia la puerta y la abrió de par en par. El aroma a leña ardiendo la recibió.

–No es propio de ti huir de un desafío, Britt.

Ella no había cerrado la puerta todavía.

–No sabes nada de mí.

–¿Vamos a discutir esto mientras la temperatura de nuestro cuerpo baja?

–Podrías venirte conmigo a la sauna –le sugirió ella.

–Y tú podrías quedarte conmigo y probar las ramitas –dijo él, riéndose.

–Ni lo sueñes. Y deberías ponerte algo de ropa –añadió. Cerró dando un portazo y se inclinó contra la puerta. Soltó el aliento.

Se dejó caer sobre el banco y cerró los ojos.

Él irrumpió en la cabaña de repente.

–Déjame sitio.

–¡Cierra la puerta!

–Refunfuñona –murmuró él. Parecía sonreír.

–No me gusta el frío –dijo ella, abrazándose las rodillas y escondiendo el rostro para no tener que mirarle.

–¡Casi me engañas! Pero creo que te encantaría el desierto.

Britt guardó silencio. Agarró el cacito para no parecer impresionada.

–No puedes tener frío todavía –comentó él, viéndola echar agua sobre las piedras–. ¡Para!

La pequeña cabaña estaba llena de vapor. Había

echado agua compulsivamente y se estaban asando vivos.

–Lo siento –Britt se encogió de hombros–. Me he pasado un poco.

–Ya lo creo –dijo Emir, secándose con la toalla.

–Ha pasado mucho tiempo desde la última vez que hice todo el ritual de la sauna. Había olvidado...

–¿Lo divertido que es?

–El frío que pasas –dijo ella, agarrando el cacito de nuevo.

Él se rió y se lo quitó de las manos.

–Basta –sus manos se rozaron–. Siéntate. Si quieres que suba la temperatura, solo tienes que decírmelo.

–Muy gracioso –ella levantó la mirada.

Emir encogió los hombros y sonrió vagamente.

–¿Y si hago una hoguera fuera? No querrás seguir aquí dentro por mucho tiempo.

–Buena idea –dijo Britt.

No quería seguir encerrada con él ni un minuto más.

–Te llamo cuando esté lista.

El corazón de Britt dio un vuelco cuando sintió unos golpecitos en la puerta. Se levantó y salió al exterior.

Emir había hecho una hoguera increíble, grande y duradera.

–Las noches en el desierto pueden llegar a ser muy frías –le explicó–. Y en algunas zonas es necesario hacer un fuego para ahuyentar a los leones de las montañas. Tenemos una fauna salvaje.

Ella se sentó a su lado y estiró los pies.

–Kareshi es un país de grandes contrastes. Tenemos ciudades modernas, pero también hay tierras baldías donde las tradiciones tribales llevan siglos sin cambiar.

¿Por qué le estaba contado todo aquello? ¿Hablaba en serio cuando la había invitado a Kareshi?

Britt volvió a mirar hacia el fuego. Él se quedó mirándola unos segundos más, como si esperara algo.

–¿Los ves? –le preguntó de repente, mirando más allá de ella, hacia los árboles.

–¿Los ciervos? Sí –murmuró ella.

Una pareja les observaba desde la espesura.

–Son preciosos. Siempre me siento cerca de la naturaleza cuando estoy aquí.

–Al igual que yo en el desierto.

De pronto sintió su mano en el brazo. Señalaba a los ciervos que les observaban. Parecían estar a punto de huir, pero titubeaban. Sus ojos marrones eran grandes y expresivos. Tenían rostros cándidos.

En ese momento los animales dieron media vuelta con toda tranquilidad y se perdieron entre los árboles.

–Vaya encuentro más interesante –dijo Britt.

–Ahora no me cabe duda de que el desierto te encantaría –dijo, volviéndose hacia ella y sonriendo–. Muchos piensan que es una tierra árida.

–Pero nosotros sabemos que no es así, ¿no?

Él reprimió una risotada y le sostuvo la mirada.

–A lo mejor algún día voy al desierto.

–Me aseguraré de ello. Si este acuerdo sale adelante, me aseguraré de que visites Kareshi.

–Me encantaría.

Emir le lanzó una mirada risueña y arqueó una ceja.

–Quiero que veas todo lo que se puede hacer con el dinero de los diamantes.

–Desde luego –dijo ella, hablando desde la esperanza–. Creo que echas de menos tu tierra –añadió, en un intento por desviar la atención hacia él.

–Amo a mi país. Amo a mi gente. Me encanta mi vida en Kareshi. Me encantan mis caballos. Son mi pasión. Crío caballos árabes pura sangre.

–¿Juegas al polo? –le preguntó ella de repente, cambiando de tema.

–Sí. Tengo muchos amigos que juegan. Habrás oído hablar de los hermanos Acosta, ¿no?

Todo el mundo conocía a los hermanos Acosta.

–Aprendí a montar a caballo en los establos de aquí. No son caballos como los que tú tienes, pero a mí me encantaba igualmente. Me encantaba esa sensación de libertad, y siempre que tengo tiempo me voy a montar un rato.

–Bueno, algo que tenemos en común.

Algo más...

–¿No te animas con las ramitas?

Ella esbozó una sonrisa maliciosa.

–Ya estoy lo bastante caliente. Gracias a ti –Britt echó a andar.

–Es verdad –exclamó él–. Seguro que te mereces que te den un buen azote con las ramitas. A lo mejor incluso lo quieres. Pero no voy a ser yo quien te lo dé.

Britt sacudió la cabeza. Reprimió la risa.

Él la alcanzó en la puerta. Tomó una ramita de entre las que estaban colgadas y le dedicó una mirada burlona.

—¿Estás segura?

—Muy segura.

Ambos contenían la risa, pero las ganas de reír desaparecieron en cuanto él deslizó la ramita entre sus pechos y siguió bajando por su abdomen hasta llegar a la entrepierna.

Britt sintió una excitación inmediata. No era capaz de moverse, aunque hubiera querido. Permaneció inmóvil. Él aumentaba la presión, moviendo la ramita con delicadeza.

Ella soltó el aliento de golpe. Se sentía vulnerable bajo su mirada intensa.

Sus ojos le decían que sabía exactamente lo que quería.

Le separó las piernas.

—¿Por qué te niegas aquello que quieres, Britt?

—Porque necesito entrar. Hace mucho frío —le dijo ella, recuperando la compostura.

Entró rápidamente y se quitó la ropa interior.

Permanecieron sentados el uno frente al otro durante unos segundos interminables. Las piedras calientes siseaban entre ellos. Emir se echó hacia atrás y la miró con una media sonrisa en los labios.

—¿Qué? —le preguntó ella, sabiendo que ya debía de haberse dado cuenta de que estaba completamente desnuda.

—Ahora sí que nos vamos a poner muy calientes.

Capítulo 7

AL SENTIR los brazos de Emir a su alrededor, Britt notó que una energía inexplicable la inundaba por dentro.

Él le sujetó las mejillas y la obligó a mirarle. Le dio un beso, y a partir de ahí su abrazo se convirtió en una caricia apasionada. Un segundo más tarde, Britt estaba acostada en el banco, debajo de él.

–¿Hay algo de todo esto que no te guste? –le preguntó, sonriéndole.

Britt no dijo nada. Le gustaba todo... demasiado.

Las manos de Emir la distraían. Las sentía por todas partes. Eran tan fuertes que resultaban imposibles de ignorar. Le deseaba con locura.

Sintió sus caricias en el cuello. Él sabía muy bien cómo despertar su instinto más primario. En el pasado siempre había sido ella quien llevaba la voz cantante, quien tenía el control, pero con Emir todo era distinto. Era suya sin remedio.

–Me encanta tu cuerpo –le dijo él, sintiendo cómo se contoneaba.

–Y a mí el tuyo.

Emir era enorme, corpulento. No le sobraba ni una pizca de grasa en el cuerpo. Cada uno de sus músculos parecía esculpido por el mejor de los artistas. Era un guerrero, un líder, un luchador. Y sin embargo tenía las manos más suaves.

Britt gimió al sentir sus caricias en la cabeza.

–¿Qué es lo que quieres, Britt?

–¿De verdad necesitas que conteste a esa pregunta?

–Quiero que me lo digas.

Su voz la excitaba tanto como su cuerpo.

Britt respiró hondo y le dijo lo que quería.

–Abre las piernas entonces... Un poco más... Un poco más.

–No puedo... No tienes piedad.

–Sí que la tengo.

–Basta –le suplicó, estirando las manos hacia él. Necesitaba un beso, un beso tierno.

La agarró de las muñecas.

–Todavía no –le dijo en un susurro.

–¿No me deseas? –le preguntó ella, arqueando la espalda y ofreciéndole los pechos.

Se incorporó. Enredó los dedos en su cabello.

–¿Cómo puedes aguantar?

–Aguanto porque sé que es mejor para ti –le dijo él–. Sé lo que necesitas y conozco la mejor manera de dártelo.

–¿Y cómo lo sabes? –le preguntó, retorciéndose con impaciencia–. Bueno, ¿qué te han parecido las tradiciones del norte? –murmuró contra sus labios.

Distraído, Sharif le rozó los labios.

–Me gustan mucho. Quisiera conocer más cosas, más cosas de ti.

La cara de asombro de Britt casi rompió el hechizo erótico.

–Y a mí me gustaría saber más de ti y de tu país.

–A lo mejor llegas a saberlo.

Sharif cerró los ojos y aspiró su fragancia a flores salvajes. La idea de no volver a olerla nunca más le resultaba insoportable.

Pero no podía bajar la guardia. Tenía un negocio que cerrar y no era buena idea infravalorar a Britt Skavanga. Era todo lo que le habían dicho... y mucho más.

Cuando Emir la besó, Britt se alegró de que la tuviera en sus brazos porque las piernas le fallaban. Era tan agradable bajar la guardia y dejarse llevar por las sensaciones, dejar de ser ese robot de los negocios en el que se había convertido. Podía sentir su erección contra el muslo. Y eso significaba que la deseaba tanto como ella a él. Gimió cuando él le separó las piernas. Empezó a jugar con ella con caricias sutiles hasta hacerla enloquecer.

–Enrosca las piernas alrededor de mi cintura –le dijo, mirándola a los ojos.

–No me hagas esperar –le dijo ella.

Sharif le sujetó el rostro con ambas manos y la colmó de besos. Al principio eran dulces y suaves, pero se hicieron más firmes y profundos a medida que saltaban las chispas de la pasión.

–¿Has cambiado de idea? –le preguntó él.

Ella lo negó con la cabeza y entonces él hizo algo tan extraordinario que no podría haberle detenido aunque hubiera querido. Un grito profundo escapó de sus labios mientras sentía cómo entraba en ella poco a poco, deslizándose suavemente.

Nunca hubiera estado lo bastante preparada para él. Tenía un tamaño enorme y era un amante intuitivo. La entendía muy bien. Comprendía su respuesta. Conocía sus límites y nunca los sobrepasaba, mientras que sus manos y su boca obraban la auténtica magia. Ese día usaba el lenguaje seductor de Kareshi, suave y gutural, grave y persuasivo, para animarla y excitarla.

Ella abrió las piernas un poco más apoyando las manos en los muslos.

–Bien –dijo él, empujando más adentro.

Ella gritaba su nombre una y otra vez a medida que él se movía a un ritmo frenético. De repente la locura se apoderó de ellos y ya no fue posible mantener el control. Ambos buscaban el desahogo desesperadamente.

Britt seguía temblando minutos más tarde. Sus músculos internos se habían contraído alrededor de Emir.

Ninguno de los dos dijo nada durante un buen rato. Ambos habían experimentado lo mismo, algo fuera de lo normal. Emir la miró. Por fin sus ojos estaban llenos de todo lo que quería ver en ellos.

–Entiendo que has disfrutado mucho, ¿no? –murmuró, retirándose con cuidado. La ayudó a incorporarse.

–¿Y tú? –le preguntó ella, apoyando la mejilla contra su pecho.

–Tengo una sugerencia.

Ella levantó la vista.

–La próxima vez tenemos que intentarlo en una cama.

La sonrisa de Emir fue contagiosa.

–Qué idea tan original.

Britt permaneció así unos segundos, pero la realidad no tardó en imponerse. De repente empezó a recordar quién era él, quién era ella, el papel que jugaban en el negocio.

Levantó la barbilla y se puso su máscara de profesionalidad.

–No se confunda, señor. Yo duermo sola.

–¿Quién ha hablado de dormir?

–¿Siempre tienes que mostrar un sentido del humor tan agudo?

–Contigo, sí –dijo él, sonriendo, sin arrepentirse en lo más mínimo.

Seguramente Emir era el único hombre del que estaba dispuesta a recibir instrucciones. Más tarde, mientras se duchaba en el cuarto de baño de su habitación, Britt no pensaba en otra cosa que no fuera él. De repente se sentía como si cualquier cosa fuera posible, como si las fronteras de Skavanga hubieran desaparecido, dejando todo un mundo de posibilidades al descubierto. Y el desierto de Kareshi era el primer lugar al que quería ir.

Estaba claro que tenía que visitar el país de Emir, tal y como él mismo había sugerido. Si el trato salía adelante, tendría que ir allí tarde o temprano.

Salir de la oficina, conocer gente... Las ideas bullían en su mente. Ningún sueño parecía imposible.

Tras la ducha, los pensamientos de Sharif quedaron segmentados de una forma muy particular. Su primer foco de preocupación tenía que ver con Britt, la empresaria. Era meticulosa y había logrado mantener a flote la empresa casi milagrosamente. Prestaba mucha atención a los detalles más pequeños, tenía una mente preclara y mucha creatividad.

Su vida giraba en torno al trabajo, pero ella lo quería todo. El tiempo pasaba sin piedad, pero no sabía cómo escapar, cómo conseguir aquello que le faltaba.

Los negocios... Siempre los negocios... Sharif se secó con la toalla y sacudió la cabeza como si así pudiera ahuyentar a Britt de su cabeza. Se peinó un poco, tratando de gobernar su cabello grueso y rebelde.

Se puso unos vaqueros y una camiseta negra. Agarró el teléfono móvil. Algunas decisiones eran más difíciles que otras, y esa era la más difícil de todas. Hubiera querido protegerla de las consecuencias de la llamada que estaba a punto de hacer, pero su deber estaba claro. No lo hacía solo por sí mismo, sino por el consorcio, por Kareshi. Sus dedos tamborileaban sobre la mesa con impaciencia mientras esperaba a que contestaran. De repente dejó de sonar el timbre.

Vaciló un instante, pero la suerte estaba echada. Las cosas habían dado un giro aquel día en que se había sentado a revisar la distribución de acciones de Skavanga Mining. El mayor accionista no era ninguna de las hermanas, sino Tyr Skavanga, el hermano desaparecido. Y las cosas se hacían aún más complicadas porque Tyr no quería que sus hermanas conocieran su paradero.

Sharif le había dado su palabra.

–Hola, Tyr –dijo, preparándose para lo que sin duda sería una larga conversación.

Capítulo 8

ESTABA haciendo las maletas? ¿Emir se marchaba? Después de ducharse, Britt había bajado y esperaba encontrarle frente al hogar, con una bebida en la mano, esperando por ella.

Le observó desde la puerta de su dormitorio mientras doblaba la ropa para después meterla en una bolsa. Debía de saber que ella estaba allí, pero no dijo ni una palabra. Un escalofrío la recorrió por dentro.

¿Qué había pasado?

–¿Te marchas? ¿Ya?

–Mi trabajo aquí ha terminado –le dijo él, poniéndose erguido. Se volvió hacia ella–. Ya tengo el billete. Me voy directamente.

¿Cuándo había reservado el billete? ¿Justo después de hacerle el amor?

–¿Tienes a alguien que te lleve al aeropuerto?

–Mi gente viene a buscarme –le dijo él, dándose la vuelta para cerrar la bolsa.

–Oh, bien.

El corazón le dio un vuelco cuando sus miradas se encontraron de nuevo. Un gran error... Él podía ver que no quería que se fuera.

–Tengo que informar al consorcio, Britt.

–Claro –Britt se aclaró la garganta y se puso su máscara. Guardó silencio.

–Gracias por tu hospitalidad, Britt –le dijo él, colgándose la bolsa del hombro.

Fue a darle la mano y entonces dio un paso atrás.

–Voy a esperar a que me lleguen los resultados de las muestras, y si todo va bien, tendrás noticias de mis abogados en las próximas semanas.

–¿Tus abogados?

–Discúlpame, Britt –Emir hizo una pausa. Apoyó una mano en la puerta–. Quiero decir... Claro. Los abogados representan al consorcio y se pondrán en contacto contigo.

De repente toda la rabia que Britt tenía dentro explotó sin remedio.

–¿Y si me hacen una oferta mejor?

–Entonces tendrás que tenerla en cuenta y volveremos a reunirnos. Debería decirte que el consorcio se ha puesto en contacto con tus hermanas, y las dos han dado su consentimiento...

–¿Han hablado con Eva y con Leila?

–Mi gente ha hablado con tus hermanas.

–¿Y no se te ocurrió decírmelo?

–Acabo de hacerlo.

–Entonces todo el tiempo que hemos pasado aquí... –la furia brillaba en los ojos de Britt–. Creo que deberías irte –atinó a decirle.

De repente lo único que importaba era hablar con sus hermanas y averiguar qué estaba ocurriendo.

Mientras tanto, Emir miraba a su alrededor para asegurarse de que no se había olvidado nada.

–Si te has dejado algo, te lo envío –le dijo en un tono gélido. Solo quería que se fuera cuanto antes.

–Sabía que podía contar contigo –le dijo él.

El corazón de Britt dio un vuelco.

–Bueno, tienes lo que querías de mí, así que mejor deberías irte. No vas a conseguir nada más aquí.

Emir permaneció en silencio.

–Esto es un negocio, Britt, y no hay emociones en los negocios. Ojalá pudiera decirte otra cosa, pero...

–Por favor... Ahórramelo –Britt se puso erguida–. Adiós, Emir.

No le acompañó a la salida. No iba a darle esa satisfacción. Le oyó bajar las escaleras y unos segundos después oyó el sonido de la puerta al cerrarse.

Ni siquiera se había dado cuenta de que había dejado de respirar hasta que oyó el ruido del motor de un coche al arrancar.

Había veces que preferiría ser uno de los mozos que trabajaban en las caballerizas, y esa era una de ellas, pero alguien tenía que tomar las decisiones más duras. Sintiendo aún la mirada de Britt en la espalda, Sharif se dirigió hacia el todoterreno que había ido a buscarle. Sus hombres le llevarían de vuelta al aeropuerto, donde subiría a su jet privado.

Era mejor irse en ese momento, antes de que las cosas se complicaran.

Britt se sentía traicionada, no solo por Emir, sino también por sus hermanas. Y, por primera vez en mucho tiempo, tanto Leila como Eva estaban ilocalizables. Las había llamado muchas veces desde la marcha de Emir, pero no había conseguido hablar con ellas. No hacía más que dar vueltas de un lado a otro. La cabaña se le caía encima. Era incapaz de hacer nada hasta haber hablado con ellas.

Jamás debería haberle llevado allí. Emir había manchado sus recuerdos más preciados.

Encendió todas las luces de la casa, pero siguió sintiéndose sola. No había respuesta de sus hermanas, así que lo único que podía hacer era mirar por la ventana y recordar ese momento en que le había visto marchar, una y otra vez. Había otros hombres en el todoterreno, pero no había conseguido verles bien. Quizás iban armados...

De repente sonó el teléfono. Britt dio un salto.

Era Eva.

–Eva...

–¿Me has llamado? Tengo siete llamadas perdidas. ¿Qué pasa, Britt?

–El hombre del consorcio acaba de irse de la cabaña. Me dijo que Leila y tú habíais firmado algo.

Esperó un segundo antes de volver a preguntar.

–¿Qué habéis firmado? –le preguntó con impaciencia.

–Lo único que hicimos fue dar nuestro permiso para que la gente del consorcio entre en nuestras oficinas y empiece con las investigaciones preliminares.

–¿Y por qué no hablasteis conmigo primero?

–Porque no pudimos localizarte.

–Pensábamos que te estábamos ayudando a sacar las cosas adelante.

–Entonces no habéis firmado ningún consentimiento para vender acciones, ¿no?

–Claro que no. ¿Por quién me tomas, Britt?

–No quiero discutir contigo, Eva. Es que estoy preocupada...

–Ya sabes que yo soy la primera que no sabe nada del negocio. Y siento que te haya tocado cargar con todo cuanto murieron nuestros padres. Sé que hay muchas cosas que preferirías hacer.

–Eso no importa ahora. Tengo que ayudar a la gente en casa. Voy a volver...

–Antes de que te vayas, ¿qué tal te fue con él?

–¿Con quién? –preguntó Britt, a la defensiva.

–Ya sabes... Con el hombre que estuvo en la mina contigo, el hombre del jeque.

–Oh, te refieres a Emir.

–¿Qué?

–Emir.

–Bueno, qué curioso –murmuró Eva con una sonrisa en la voz–. ¿Al Jeque Negro se le ocurrió algún otro título ingenioso para engañarte, o solo fue ese?

Britt empezó a decir algo y entonces se detuvo.

–¿Disculpa?

—Oh, vamos... —exclamó Eva con impaciencia—. Supongo que sería bastante imponente, pero no me puedo creer que hayas perdido la cabeza de esa manera. Creo que te hace falta consultar el tesauro de vez en cuando. Emir, potentado, aristócrata... ¿Te suena de algo?

—Pero me dijo que se llamaba...

Una ola de vergüenza la golpeó de lleno.

—¿Desde cuándo te crees todo lo que te dicen, Britt? No te habrás enamorado de él, ¿no?

—No. Claro que no —le espetó Britt, cada vez más iracunda.

Hubo un silencio. Era evidente que Eva no estaba del todo convencida.

—Deberías habértelo llevado al lago. Os hubiera venido bien un buen chapuzón. Así os hubierais enfriado un poco.

—Y me lo llevé. Le encantó.

—Bueno, parece que el Emir es de los míos.

—No tiene gracia, Eva.

—No. Has hecho el ridículo. Resulta que no eres la empresaria devorahombres que creías ser.

—Pero sigo siendo una mujer de negocios —murmuró Britt, y ya sabes lo que dicen.

—Seguro que vas a decírmelo.

—Los negocios son negocios, y si hay que ajustar cuentas, se ajustan y ya está.

—Eso era lo que me temía —comentó Eva—. Ten cuidado, no vayas a quemarte más. No estropees este acuerdo después de haberte esforzado tanto por llevarlo a buen puerto.

–No te preocupes. No lo haré.

–Entonces ¿qué vas a hacer? –preguntó Eva, cada vez más alarmada.

–Voy a ir a Kareshi. Voy a seguirle el rastro. Voy a llamar a su despacho para intentar averiguar dónde está. Iré al desierto si hace falta. Voy a encontrar a ese bastardo y le haré pagar.

Capítulo 9

KARESHI...

Estaba allí. Parecía imposible, pero estaba allí. Y el hombre al que llamaba Emir se había convertido de repente en Su Majestad el jeque Sharif al-Kareshi.

La visión de ese océano de arena interminable era sobrecogedora. Estiró un poco el cuello. Le parecía haber visto las primeras luces de la capital. Era una pequeña constelación de estrellas en mitad de un abismo.

A medida que se adentraban en la moderna ciudad, pudo hacerse una idea mejor del poder que ostentaba ese hombre al que había conocido de otra manera en su pequeña cabaña de Skavanga. Los edificios eran inmensos y vanguardistas. Era increíble que estuviera allí, y que el Jeque Negro hubiera sido su amante.

¿Cómo se había dejado engañar tan fácilmente?

—El capitán ha encendido el piloto del cinturón de seguridad.

—Oh, sí. Muchas gracias —dijo, levantando la vista.

Se ató bien el cinturón de seguridad y continuó mirando por la ventanilla. Una playa de color marfil rodeaba la ciudad y más allá se veía un mar tranquilo de un azul intenso y cristalino, pero era esa tierra baldía e infinita lo que realmente llamaba su atención. El Jeque Negro estaba en algún punto de ese desierto. Su gente le había dicho que estaba allí para que no se molestara en buscarle. Pero ella tenía que hacerlo. Tenía que hacerle frente.

Poco después de llegar al hotel, Britt recibió una llamada de Eva. Al parecer, habían perdido uno de los principales compradores de minerales. Los impagos se acumulaban en Skavanga Mining. Eva también le dijo que el consorcio había intervenido.

–Creo que tienes que hablar con el jeque para averiguar todos los detalles.

–Esa es mi intención –le aseguró Britt a su hermana.

En cuanto terminó la llamada, volvió a intentar hablar con el personal del jeque para pedir una reunión de carácter urgente. Según le dijeron, para tener audiencia con Su Majestad era necesario pedir cita con meses de antelación, y Su Majestad tampoco había dejado ningún mensaje para una visitante de una empresa minera.

Le habían hablado como si la minería fuera una profesión deshonrosa.

Así debía de hablar un hombre que jamás se había manchado las manos en toda su vida. Se apartó el teléfono de la oreja. Llevaba horas haciendo llamadas, al despacho de Sharif, al palacio, a la administración... Incluso había llamado al embajador de Skavanga.

Respiró profundamente y trató de calmarse. Caminó de un lado a otro. Había un último número al que podía llamar, pero la idea era de lo más peregrina. Recordaba que Emir le había hablado de su pasión por los caballos. Marcó el número de las caballerizas del rey.

La voz que se oyó al otro lado del teléfono era femenina, joven. Britt necesitó unos segundos para asimilarlo. Las llamadas que había hecho hasta el momento la habían llevado a creer que todos los que trabajaban para el jeque eran hombres, y que eran unos estirados desagradables.

–Hola –dijo esa voz de nuevo–. Soy Jasmina Kareshi...

Era la hermana del jeque, la princesa Jasmina. Pero sonaba demasiado relajada como para ser una princesa.

–Hola. Soy Britt Skavanga. No sé si puede ayudarme.

–Llámame Jazz –dijo la joven, y a continuación le explicó que su hermano se había puesto en contacto con ella para decirle que alguien de Skavanga visitaría Kareshi.

–¿Cómo lo supo? –exclamó Britt, sorprendida.

–¿Lo dices en serio?

El carácter abierto y desenfadado de la hermana de Sharif era contagioso. La muchacha le contó que su hermano estaba al tanto de todo lo que ocurría en Kareshi por lo menos diez minutos antes de que pasara.

Britt tenía la sensación de que en otras circunstancias Jasmina y ella podrían haber llegado a ser buenas amigas.

–No está aquí ahora. Se supone que tengo que ayudarte como pueda –le explicó–. Siento que nos haya llevado tanto tiempo ponernos en contacto. He pasado mucho tiempo en las caballerizas, por el parto de una de mis yeguas favoritas.

–No te preocupes. No tienes que disculparte –dijo Britt rápidamente.

Se alegraba de tener a alguien sensato con quien hablar.

–Espero que todo haya ido bien con el caballo.

–Sí. Muy bien. Supongo que habrás tenido muchos problemas con el personal burocrático de mi hermano.

Britt se dio cuenta de que hacía falta algo de diplomacia.

–Hicieron lo que pudieron.

–Supongo que sí. Mi hermano está en el desierto. Te voy a dar su localización por GPS...

–Gracias.

Jazz le dio las coordenadas que indicaba el GPS. Correspondían a un campamento de beduinos.

Antes de colgar, Britt le preguntó por la empresa de alquiler de coches que había escogido para atravesar el desierto.

–Es la mejor –le dijo Jazz–. Como todo lo demás en Kareshi, es de mi hermano.

A Sharif no le extrañaba que Britt le hubiera seguido la pista hasta el desierto. Le hubiera sorprendido más que se hubiera quedado en Skavanga sin hacer nada. No podía evitar sentir admiración por ella. No era de las que se quedaban en casa de brazos cruzados.

Estaba tumbado sobre cojines de seda, completamente desnudo, en un rincón de su tienda de campaña. Se estiró un poco y volvió a pensar en los negocios. Siempre había sido como un juego para él, un juego que nunca perdía, aunque con Britt las cosas eran diferentes. Estaba al tanto del asunto de ese cliente en bancarrota. Había sido un duro golpe para Skavanga Mining. Y también sabía que no había nada que Britt pudiera hacer, aunque hubiera estado en Skavanga en ese momento.

Ella quizás no lo viera de esa manera, no obstante... Además, se había visto obligado a ponerse en contacto con Tyr de nuevo para acelerar el acuerdo.

A lo mejor era el momento de dejarle las cosas claras. Estaba deseando que llegara a Kareshi...

Se puso en pie y se dio un baño en la laguna formada por un riachuelo subterráneo que burbujeaba justo al lado de la tienda. Se quitó los ropajes negros tradicionales y se peinó un poco el cabello húmedo. Jasmina se había puesto en contacto con él para decirle que Britt había llegado sana y salva, que no tardaría mucho en ir a buscarle. De repente, uno de los ancianos de la tribu apareció en la puerta de la tienda. Tosió con discreción para llamar su atención.

Los aposentos de lujo en los que la tribu le había alojado estaban lejos de ser una mera tienda de campaña, pero a falta de una etiqueta mejor, solía llamarles así. Se puso sus sandalias y fue a recibir al invitado.

El anciano le dijo que los preparativos para la llegada de Britt estaban en marcha. Sharif le dio las gracias con formalismo. Se preguntaba cómo se tomaría Britt lo de verse alojada con las mujeres del harén...

El anciano insistió en enseñarle la tienda que habían preparado para la joven de Skavanga. Era un espacio amplio, lleno de cojines de seda cuidadosamente colocados como si fueran una cama, y rodeados de cortinas ondulantes.

La tienda del harén tenía un objetivo, un único objetivo solamente. Sharif esbozó una media sonrisa. Britt no tardaría en entender dónde se encontraba, y se pondría furiosa.

Volvió a darle las gracias al anciano de la tribu y le despidió con una efusiva reverencia. Se detuvo un momento y entonces salió al exterior. Tocó las finas borlas tejidas a mano que adornaban las cortinas.

Britt...

Ella nunca abandonaba sus pensamientos ya.

No era que nunca hubiera cambiado un neumático.

De hecho había tenido que cambiar uno el día que había conocido a Sharif. Pero en esa ocasión se trataba de un vehículo que le resultaba familiar, y disponía de las herramientas adecuadas.

Nada más elevar el todoterreno con el gato, el vehículo volvió a caerse. Estuvo a punto de aplastarle los dedos. La arena del desierto no era como la tierra firme.

Apoyó las manos en las caderas y pensó en las opciones que le quedaban. Hacía una noche espléndida. El cielo estaba claro, la luna brillaba y había aparcado a la sombra de una duna donde no daba el viento. Era un sitio encantador... Solo era necesario calmarse un poco. A lo mejor no debería haber salido tan precipitadamente...

Nunca había visto tantas estrellas juntas. Era un lugar hermoso. No había contaminación de ninguna clase. Un mar de estrellas y una luna creciente dominaban el firmamento. Y no había por qué tener miedo. Se volvió hacia el vehículo. Tenía agua, gasolina y mucha comida. El GPS funcionaba correctamente y según la última lectura le quedaban unos veinticinco kilómetros para llegar al campamento. Lo mejor que podía hacer era esperar a la mañana siguiente.

Le envió un mensaje a la hermana de Sharif para que no se preocupara.

He pinchado. Pero no hay problema. Voy a pasar la noche aquí. Mañana cambio la rueda y sigo, le decía.

Obtuvo respuesta de inmediato.

Tengo tus coordenadas. ¿Tienes bengalas? Ayud...

La pantalla se puso en blanco de repente. Britt no tuvo tiempo de leer el mensaje completo. Lo intentó de nuevo. Sacudió el teléfono. Le gritó unos cuantos insultos. Le dio un golpe con la mano y gritó de nuevo. Lo apagó y lo encendió.

Nada.

¿Qué quería decir Jazz con ese último mensaje? ¿Acaso le decía que la ayuda estaba en camino?

Respiró hondo y miró hacia el cielo. El cielo había cambiado del todo. La mitad estaba como antes, pero la otra parte se había vuelto completamente negra. Un escalofrío la recorrió por dentro. De repente oyó algo. Era el ruido de un viento feroz. Era como si todas sus pesadillas infantiles se hubieran hecho realidad de repente. Algo monstruoso iba hacia ella, y no sabía lo que era. Lo único que sabía con seguridad era que se acercaba cada vez más.

Le temblaban las manos. Se guardó el teléfono en el bolsillo de la camisa. Ojalá hubiera tenido un compañero de viaje... Sharif hubiera sabido qué hacer. Ese era su hogar. Sharif lo hubiera sabido.

Los ancianos le habían invitado a comer alrededor de la hoguera. El respeto que le mostraban era todo un honor. En ese lugar recóndito del desierto, siempre había oportunidad de aprender algo de ellos.

Hablaron hasta altas horas de la noche, pero Sharif no se fue directamente a su tienda. Se sentía inquieto porque las palmeras parecían de piedra. No se movían ni un milímetro, como si algo estuviera a punto de pasar. Miró hacia el cielo, claro y despejado. Las cosas podían cambiar de un momento a otro en el desierto.

Caminó por todo el campamento y terminó en la tienda del harén. El humor le cambió un poco cuando echó un vistazo dentro. Podía imaginarse la indignación de Britt cuando viera dónde iba a alojarse.

De pronto le sonó el teléfono. Era su hermana, Jasmina. Le llamaba para decirle que Britt no había querido esperar a la mañana siguiente y que había salido rumbo al desierto un par de horas antes.

Sharif se despidió rápidamente de su hermana y se puso en marcha. No era de extrañar que se sintiera tan inquieto. En el campamento las tiendas estaban resguardadas por una roca, pero, si el tiempo empeoraba, Britt estaba perdida.

Volvió al centro del campamento. Se puso el tocado y llamó a su caballo. La gente se agolpaba a su alrededor al ver que se marchaba. No tenían tiempo que perder.

Pidió un camello para transportar los utensilios que necesitaba y fue hacia el establo, donde le estaban ensillando un caballo. Montó rápidamente, tomó las riendas del camello y salió galopando.

¿Dónde había quedado el encanto del desierto?

Britt intentó cambiar la rueda por segunda vez, pero un vendaval de arena casi se la llevó por delante. ¿Qué problema tenía con las ruedas? Se frotó la nuca. La arena estaba en todas partes. Se colaba en los rincones más insospechados.

¿Tenía alguna oportunidad? ¿La encontraría alguien? Miró a su alrededor. Estaba cada vez más asustada. Ya casi no se veía nada y el viento soplaba cada vez con más fuerza. El cielo se había vuelto negro. Ni siquiera podía ver las estrellas.

Nunca se había sentido tan sola. Nunca había tenido tanto miedo. Logró llegar a la parte de atrás del todoterreno y guardó las herramientas. Se protegió los ojos, abrió la puerta del conductor y se metió dentro. Las ráfagas de viento eran tan violentas que el vehículo podía volcar en cualquier momento. Nunca había deseado tanto que Sharif estuviera a su lado. Las diferencias que habían tenido no importaban en ese momento. Solo quería que la encontrara.

Había comprobado el pronóstico del tiempo antes de salir, pero jamás hubiera podido imaginar que cambiara tan rápidamente. No se veía nada por la ventanilla.

Cambió de idea respecto a Sharif. No quería que la buscara. Era demasiado peligroso. No quería que arriesgara su vida por ella.

No podía hacer otra cosa que quedarse allí, indefensa, esperando a morir enterrada en la arena... Tenía que permanecer visible... Si el coche terminaba enterrado, jamás la encontrarían.

Había un triángulo reflectante en el maletero, y una pala. Además, lo último que necesitaba en ese momento era un sujetador. Podía hacer una señal de advertencia. Y había bengalas en el maletero.

Tendría que salir al exterior de nuevo, no obstante.

El viento aullaba y la arena le arañaba la piel.

Pero estaba decidida, decidida a vivir, a hacerse ver, a hacer todo lo posible para no morir.

Una vez consiguió sacarlo todo del maletero, no tuvo problema en fijar el triángulo al asa de la pala con la ayuda del sujetador. Pegarlo a la superficie del coche, en cambio, no fue tan sencillo. Al final se conformó con meterlo en la parrilla del cuatro por cuatro y volvió a subir antes de ahogarse.

Cerró la puerta y dio gracias por el silencio. Se abandonó a la oscuridad. Tenía que ahorrar energía. No había nada más que hacer excepto esperar.

Capítulo 10

BAJANDO del caballo, Sharif le cubrió la cara con un trapo para que siguiera adelante. Atado al caballo iba el camello, cargado de herramientas. Sus hombres le rodeaban. Siempre y cuando pudiera ver la brújula sería capaz de llegar hasta Britt.

Mientras luchaban contra el viento adverso, Sharif le daba las gracias a su hermana en silencio. Era una suerte que hubiera podido darle las últimas coordenadas de Britt. Una hoja de pánico le atravesó de un lado a otro. ¿Y si no lograba llegar a tiempo?

Tenía que llegar a tiempo. Quería ponerla a prueba tal y como ella le había puesto a prueba en Skavanga, pero no de esa manera.

¿Qué pensaría cuando le viera salir de la tormenta? ¿Que un bandido iba a por ella? De repente se le ocurrió pensar que jamás le había visto con la ropa tradicional. Era algo insignificante en esas circunstancias, pero...

Lo más que podía esperar era que se hubiera quedado dentro del coche.

* * *

El aullido del viento era ensordecedor. Parecía interminable. Era como si una criatura desconocida hiciera todo lo posible por entrar en el coche. Acurrucada en una postura defensiva, con las manos sobre las orejas, Britt sabía que no podía utilizar el teléfono. La arena ya llegaba hasta la mitad de la ventanilla. ¿Cuánto tiempo más podría aguantar?

No iba a morir así. Apoyando todo su peso contra la puerta del conductor, trató de abrirla, pero no se movía, y aunque se moviera, ¿adónde iría?

Las bengalas eran su última esperanza. No sabía si era de noche o de día, pero antes de lanzar una bengala necesitaba algo para romper la ventanilla.

Subió por encima de los asientos y encontró todo lo que necesitaba. El vehículo estaba bien equipado para un viaje por el desierto. Había bengalas, guantes, gafas de aviador, un sombrero duro, cúteres, una linterna y un kit de primeros auxilios.

Se puso manos a la obra.

Sharif ya casi había tirado la toalla cuando vio el resplandor de una bengala en la distancia. Una descarga de adrenalina le recorrió por dentro, dándole la fuerza de diez hombres y la decisión de otros diez. Animó a seguir a los animales, ya cansados. Sus hombres iban detrás.

No supo si era ella hasta que vio ese extraño invento para sujetar el triángulo reflectante con la ayuda de un sujetador. Esbozó una sonrisa. A Britt nunca le faltaban recursos.

Siguió adelante. Nada podía detenerle. Los granos de arena volaban a su alrededor, pero el ropaje y el tocado le protegían.

Solo quería llegar hasta ella, salvarla, protegerla, llevarla al campamento.

Si seguía viva...

Rezó por ello, como nunca antes había rezado. Bajó del caballo y rodeó el todoterreno. El vehículo estaba más enterrado de lo que creía. Y no se oía nada. ¿Estaría viva ahí dentro? Sin perder ni un segundo, tiró del parabrisas con la ayuda de sus hombres. Britt ya lo había aflojado para lanzar la bengala.

De repente la vio. Estaba viva, aunque inconsciente. Había logrado romper el sellado de caucho del cristal y lo había separado lo bastante como para arrojar la bengala, pero la arena había llenado el habitáculo del coche hasta enterrarla viva.

Les hizo señas a sus hombres para que retrocedieran. Aquello no era seguro. Con tanta gente cerca, el todoterreno podía hundirse aún más en la arena, o incluso volcar sobre ellos.

Empezó a cavar con sus propias manos, y con la pala que había quitado de la parrilla del todoterreno. Estaba desesperado. Tenía que salvarla.

Esa fue la hora más larga de toda su vida, pero también fue el mayor triunfo cuando por fin logró cortar el cinturón de seguridad y tomarla en sus brazos.

Britt se despertó. Había salido de una pesadilla para entrar en un taquillazo de Hollywood. Estaba en una suntuosa tienda de campaña de estilo árabe, rodeada de cortinas vaporosas. No había ni un grano de arena a su alrededor. Había mujeres en torno a lo que parecía su cama, gloriosas con sus velos y trajes rutilantes. Iban vestidas con todos los colores del arcoíris. Trataban de explicarle con gestos que había llegado inconsciente.

Britt pensó que debía de llevar muchas horas dormida. Miró lo que la rodeaba. La cama sobre la que se encontraba reclinada estaba cubierta de cojines perfumados y rodeada de cortinas blancas. Las mujeres las habían retirado.

Sintió una ola de pánico repentino al tratar de asimilarlo todo. ¿Era ese el campamento del que le había hablado Jazz, o era otro sitio?

De repente lo recordó todo. La tormenta, la sensación de verse enterrada en vida, la bengala que había lanzado, sin saber si alguien la veía.

Alguien la había visto... Trató de articular, pero no pudo. Además, las mujeres no podían entenderla. Fueron a buscarle algo de beber y una de ellas le indicó un spa que estaba en el extremo más alejado de la tienda, ya en el exterior.

Britt miró a su alrededor una vez más, maravillada ante tanto lujo. Las mujeres le habían llevado vasijas de agua fresca y toallas suaves, y por más que insistía en bañarse ella sola, ellas se empeñaban en ayudarla a limpiarse las heridas.

Ver que era bienvenida era una sensación muy agradable. Dándoles las gracias con una sonrisa, se bebió las pociones que le ofrecían y aceptó algunos de sus dulces diminutos.

Pero no podía quedarse allí todo el día, como una concubina ociosa. Necesitaba una descarga de glucosa para ponerse en marcha, y esos pastelitos estaban deliciosos. Mientras comía, recordó a Jazz. La hermana de Sharif debía de estar muy preocupada.

Miró el teléfono. Tenía señal. Rápidamente le escribió un mensaje y no tardó nada en recibir una respuesta.

Me alegro de que hayas llegado bien. Espero que nos veamos pronto.

Britt sonrió y guardó el teléfono. Ella también esperaba lo mismo. Las mujeres le hicieron señas para que las acompañara. Señalaron el spa al verla dudar. La idea de bañarse en agua tibia era irresistible.

Se empezó a preocupar un poco cuando las chicas comenzaron a reírse con disimulo. La sacaron de la cama y la hicieron avanzar hasta la bañera. Reían y suspiraban. ¿La estaban preparando para el jeque? ¿Acaso la iban a poner sobre una alfombra mágica, con un pastel de miel en la boca?

No si podía evitarlo.

Les preguntó cosas por medio de gestos.

–¿Vuestro jeque me ha traído aquí? –trató de dibujar la imagen de un hombre alto y ataviado con la ropa típica del desierto.

Eso era todo lo que recordaba de su salvador, eso y el caballo negro. Debió de perder la consciencia de nuevo durante el camino.

–¿El Jeque Negro? –sugirió, mirando a su alrededor con la esperanza de encontrar algo que la ayudara a explicarse–. Su Majestad, el jeque Sharif al-Kareshi...

Las mujeres la miraban sin entender nada. De repente tuvo una idea. Suspiró dramáticamente, tal y como habían hecho ellas.

Las jóvenes dejaron escapar una exclamación de alegría y le devolvieron la sonrisa. Se dieron codazos las unas a las otras e intercambiaron miraditas y risas. Britt les dio un minuto. Su corazón latía sin ton ni son. Le abrasaba el pecho.

Era muy posible que Emir o Sharif la hubieran rescatado. El cerebro no le funcionaba bien todavía, pero era preferible estar en la tienda de alguien a quien conocía, aunque fuera el Jeque Negro.

Dejó que las mujeres la llevaran a la bañera. No quería ofenderlas. Además, darse un buen baño no tenía nada de malo.

La cubrieron de ungüentos y le dieron toda clase de zumos exquisitos. Una de ellas tocaba un delicado instrumento de cuerdas. El aroma del agua tibia era divino.

Britt se relajó en el agua y soñó un sueño en el que estaba perdida en el desierto, y era rescatada por un apuesto jeque...

Sintiera lo que sintiera, lo primero que tenía que hacer era darle las gracias a Sharif por haberla salvado. Tenía que olvidar los agravios del pasado. Ya habría tiempo de ajustar cuentas.

Las mujeres interrumpieron sus pensamientos.

Le llevaban toallas secas y las colocaban a modo de pantalla a su alrededor, para que pudiera salir sin que nadie la viera desnuda. La envolvieron rápidamente, de la cabeza a los pies. La zona de la cama ya estaba completamente recogida. Y habían puesto comida suficiente para alimentar a un ejército.

¿Esperaba visita?

¿Un visitante?

Se le aceleró el corazón.

Las mujeres le ofrecieron un traje exquisito de seda, en vez de darle su ropa.

–¿Dónde está mi ropa?

Una de las mujeres logró decirle que se la habían lavado y que todavía estaba húmeda.

–Gracias.

Se mordió el labio. El traje era precioso, aunque claramente había sido diseñado para alguien con más glamour que ella. Se lo pondría, no obstante. Era de seda azul y estaba decorado con hilo de plata. Era la clase de vestido que llevaría la amante de un jeque...

Una de las mujeres le llevó un espejo de cuerpo entero para que se mirara. La transformación había terminado. Le pusieron un velo sobre el pelo y le taparon el rostro con la parte de gasa, sujetándolo con una horquilla con gemas incrustadas.

Britt se miró un instante. Por lo menos encajaba en el entorno, y por primera vez en toda su vida no echaba de menos los vaqueros, ni los trajes de chaqueta. Nunca se había puesto nada tan exótico. Las chicas como ella no tenían ese aire de misterio.

De repente sintió el roce de las cortinas. Alguien entraba...

Se volvió. Las mujeres se apartaban de ella.

Y entonces le vio. Su silueta se recortaba contra la luz. Era alto, poderoso, e iba vestido de negro. El tocado le tapaba la mayor parte de la cara, pero le hubiera reconocido en cualquier sitio.

–Fuiste tú... –nada más decir las palabras se dio cuenta de lo absurdo que había sonado.

Su Majestad el Jeque Negro se quitó el tocado. Sus miradas se encontraron.

–Gracias por salvarme la vida –logró decir con la garganta acartonada.

Estaba furiosa consigo misma. Lo último que quería era dejarse intimidar por Sharif al-Kareshi, pero era incapaz de decir nada más. Lo único que parecía importar era que por fin estaban juntos de nuevo.

–Has arriesgado tu vida por mí.

–Me alegro de que estés bien –le dijo él, ignorando su comentario.

–Estoy bien. Gracias a ti.

Unos ojos insondables la atravesaron.

–¿Tienes todo lo que necesitas?

Britt sintió que se le cerraba la garganta. Su mirada era insoportable, inquietante. Se sentía tan expuesta con ese atuendo vaporoso y casi transparente.

–Relájate, Britt. Somos los mismos de Skavanga... Has pasado por una experiencia terrible. ¿Por qué no aprovechas este pequeño descanso?

–Su Majestad, yo...

–Por favor... –esbozó media sonrisa–. Llámame

Sharif –hizo una pausa–. Aunque, si lo prefieres, puedes llamarme Emir.

Britt se irguió.

–Hay muchas cosas que me gustaría llamarte, pero Emir no es una de ellas –le aseguró–. A lo mejor no es momento de reproches. Después de todo, me has salvado la vida.

–Pero ya veo que te estás enfadando.

–Siento curiosidad por saber por qué te pareció necesario engañarme.

–Me gusta hacer negocios de forma discreta.

–La discreción es una cosa, pero el engaño es otra muy distinta.

–Yo nunca te he engañado, Britt.

–No te explicaste del todo, ¿no? Todavía sigo sin saber por qué te fuiste con tanta prisa.

–Las cosas iban más deprisa de lo que esperaba, y no estaba en condiciones de explicarte nada.

–¿El Jeque Negro se ve limitado? ¿Por quién?

–Me temo que eso no puedo decírtelo.

–¿No crees que eso es llevar la lealtad demasiado lejos?

–La lealtad nunca se lleva demasiado lejos... Basta con que sepas que tus hermanas no tuvieron nada que ver y que todo lo que he hecho ha sido por el bien de la empresa...

–Y de tu trato.

–Evidentemente. El consorcio es una de mis prioridades.

–Ya lo creo. Me encanta que esto te parezca divertido.

–No me parece divertido. Cuando una empresa deja de pagar y pone en peligro el pan de tantas familias que llevan décadas trabajando para Skavanga Mining, hay que hacer algo. Y yo hice lo que estaba en mi mano lo más rápido posible, mientras tú estabas en el aire, de camino hacia Kareshi.

Britt se sonrojó.

–Muy bien. Lo siento. A lo mejor he exagerado un poco, pero eso no explica por qué no dijiste nada cuando te fuiste de Skavanga.

–No me gusta tener que dar explicaciones a nadie.

–No me digas.

–Es mi forma de ser, Britt.

–No rindes cuentas ante nadie.

El Jeque Negro bajó la cabeza.

–Bueno, sea lo que sea lo que hayas hecho, gracias.

Sharif levantó las manos.

–Basta, Britt. No tienes que decirlo de nuevo –miró hacia la zona de la cama–. Y deberías tomarte un descanso.

Britt retrocedió, Puso distancia entre ellos de forma inconsciente. Necesitaba tiempo para poner en orden los pensamientos. Abrió las cortinas y entonces se volvió de nuevo hacia Sharif.

Él le hizo el saludo tradicional de Kareshi, tocándose el pecho, la boca y finalmente la frente.

–Significa «paz». Y realmente no tienes por qué seguir soportando mi presencia, Britt.

–A lo mejor me gustaría...

–A lo mejor deberías descansar un poco, tal y como te he sugerido.

No era momento para discutir. Britt se sentó con rigidez en el borde de uno de los cojines mullidos.

–Te pido disculpas por haberte acarreado tantos problemas. No sabía que se avecinaba una tormenta y que llegaría tan rápido. Sí que comprobé el pronóstico del tiempo...

–¿Pero no podías esperar ni un momento más para venir a verme?

–Las cosas fueron así.

Le observó durante unos segundos mientras caminaba de un lado a otro, pensativo. De pronto fue a sentarse junto a ella, al otro lado del cojín, pero estaba demasiado cerca de todos modos.

–Las mujeres me dieron este traje para que lo lleve hasta que se seque mi ropa.

–Muy bonito.

«Muy bonito» era muy poco decir. El traje era glorioso, muy femenino, y estaba diseñado para la seducción. Era justo lo que no necesitaba en ese momento. Sus hermanas se hubieran echado a reír de haberla visto.

Britt Skavanga se refugió en un rincón, sin nada que decir.

Capítulo 11

ME ALEGRO de que te hayan dado todo lo que necesitas –dijo Sharif, mirando a su alrededor.

–Todo excepto mi ropa –de repente se había dado cuenta de que el traje que le habían puesto las mujeres era casi transparente–. Creo que pronto me la traerán.

No sabía cuándo le llevarían su ropa en realidad, o si se la devolverían en algún momento. Lo único que sabía era que Sharif no dejaba de mirarla.

Hubiera dado cualquier cosa por tener un traje de chaqueta en ese momento.

Sharif esbozó una media sonrisa, como si pudiera leerle la mente.

Ella se apartó. Apretó los dientes. ¿Por qué tenía que encontrarse en una situación tan difícil? Le estaba agradecida a Sharif por haberla salvado, pero hospedarse en la tienda del harén no era precisamente la elección de su gusto.

Tenía que calmarse y aceptar que habían pasado muchas cosas en las veinticuatro horas anteriores. Estaba emocionalmente saturada.

La tentación de hacer exactamente lo que Sharif le sugería, relajarse y descansar un poco, era muy grande, pero su presencia la turbaba demasiado.

Hablar de negocios era la opción más aséptica.

–Si hubiera visto una foto tuya de antes de ir a Skavanga, no te hubiera confundido con nadie, y a lo mejor nos hubiéramos ahorrado todo este lío. Y tú no te habrías visto obligado a arriesgar la vida atravesando la tormenta para rescatarme.

–No tengo por costumbre adjuntar fotos a las cartas formales. Yo, en cambio, sí que vi una foto tuya, pero no era muy buena.

–¿Qué quieres decir?

–Quiero decir que la foto era la de una mujer muy distinta, nada que ver contigo.

–¿Por qué?

Sharif sonrió ligeramente.

–Eres mucho más compleja de lo que sugiere la fotografía.

Britt hizo una mueca, recordando aquella foto con una pose tan artificial. Aquel día llevaba un traje muy sobrio y tenía la cara a juego. No le gustaban las fotos, pero no había tenido más remedio que hacerse una para el boletín de la empresa.

–Bueno, no he visto ni una sola foto tuya en la prensa.

–¿En serio? –exclamó Sharif, fingiendo asombro–. Tengo que ponerle remedio a esa situación inmediatamente.

–Y ahora te burlas de mí –dijo ella, protestando.

Él se encogió de hombros.

–Creí que estábamos de acuerdo en pactar una tregua. Pero si no necesitas nada más...

–Nada. Gracias –dijo ella con frialdad.

Él se puso en pie, listo para irse.

–Te dejo descansar.

–Gracias.

Ella también se puso en pie, levantó la barbilla. Le miró a los ojos con firmeza. Eso también era un error. Una ola de lujuria la recorrió por dentro. Quería significar algo para ese hombre desesperadamente. Durante unos segundos no pudo pensar en otra cosa que no fuera sentir sus brazos alrededor, sus besos...

–Este lugar es muy acogedor. Gracias por todo lo que has hecho por mí. Tu gente es muy amable. Me han dejado dormir, me curaron las heridas...

–¿Te han bañado? –le preguntó él. Una sonrisa asomaba en las comisuras de sus labios.

–Yo... Me di un baño –admitió ella con la voz temblorosa. Esa no era Britt Skavanga en absoluto.

–Te han mimado con todos esos ungüentos mágicos, ¿y es tan malo?

–Sí –dijo Britt. Ya no soportaba más esa mirada burlona.

–Las mujeres te han vestido para el jeque... Te han preparado bien –dijo Sharif. No mostraba ni la más mínima pizca de remordimiento por un comentario tan descarado–. ¿Preferirías que te hubieran traído algo feo para vestir? –le preguntó al ver su actitud de indignación–. Esa actitud puritana no es propia de ti, Britt –dijo, echando más leña al fuego–. Es demasiado tarde para eso. Pero tengo que decir que el traje te sienta muy bien. Esa tonalidad azul va a juego con tus ojos.

Britt se preguntó por qué no la miraba a los ojos entonces.

Se puso erguida. Deseó que el top y los vaqueros se hubieran secado ya. Era hora de terminar con una situación tan absurda.

Y sin embargo...

No podía evitar alegrarse de que Sharif la devorara con la mirada. ¿Por qué si no tenía los labios entreabiertos y se los lamía con la punta de la lengua?

–Es un vestido muy bonito.

–La moda del desierto te sienta bien –le dijo él.

Britt se estremeció sin querer. Deslizó la punta del índice a lo largo del dobladillo del velo. Había distancia entre ellos, pero no era suficiente.

–Vuelvo luego, cuando hayas descansado.

Britt le observó en silencio mientras cerraba las cortinas que rodeaban el área de la cama. Iba vestida como una muñequita exótica, pero no estaba dispuesta a caer rendida a sus pies. Tenía que tener cuidado con él. Sharif había hablado con sus hermanas sin contar con ella, había tomado muestras de la mina y ni siquiera había tenido la deferencia de decirle cuál había sido el resultado.

–Bueno, Britt –le dijo, acercándose demasiado–. Ya dijiste un montón de cosas en Skavanga. Pero seguro que tienes algo que decirme ahora. ¿Por qué viniste a Kareshi si yo podía haberte enviado por correo los resultados de las pruebas? Podrías haberte quejado por correo en vez de hacer este viaje.

Britt guardó silencio. ¿Por qué le había hecho caso a Eva, la impulsiva de sangre caliente? ¿Cómo se había metido en un problema tan grande?

–¿Por qué estás aquí en realidad? –le preguntó él de nuevo, sonriendo y mirándola a los ojos–. ¿Qué necesitas de mí?

Sharif creyó enloquecer al sentir su cuerpo tan cerca. Esa era su mujer, la mujer a la que recordaba y deseaba. Esa era la mujer a la que había conocido en Skavanga, la mujer que tomaba lo que quería sin pensar demasiado en las consecuencias.

–¿Sharif?

¿Era posible que no quisiera esa parte de ella? ¿Sacaba lo peor de él? La soltó de repente y se apartó. Al entrar en la tienda, había visto a una joven tierna y dulce, aquella chica a la que apenas había empezado a conocer en Skavanga, la chica de la que se había alejado antes de hacerle daño.

–¿Sharif? ¿Qué pasa?

Él bajó la vista, pero ya había visto la decepción en su mirada. ¿Y por qué no iba a esperar lo peor de él si ya la había abandonado en el pasado?

–No es propio de ti vacilar.

–Y no es propio de ti ser tan seca y monjil –dijo él con una sonrisa irónica–. ¿Qué hacemos con este cambio de papeles?

–¿Me lo preguntas? –Britt sonrió.

Él cerró los ojos. La hizo entrar en el recinto de la cama.

–¿Qué haces? –le preguntó ella.

Se acomodó sobre los cojines de seda, levantó una mano y la invitó a sentarse a su lado.

–¿Pero qué te crees que es esto?

–Es un harén –dijo él, encogiéndose de hombros–. Y, si no te gusta la idea, por lo menos quítate de la luz.

–Me pondré donde me plazca.

Él volvió a encogerse de hombros, como si le diera igual. Ese traje era casi etéreo a contraluz. Realzaba cada centímetro de su cuerpo. La hacía más irresistible, más hermosa que nunca. Dejó que el silencio se prolongara durante unos segundos.

–Cuando las mujeres te trajeron ese vestido, ¿no te trajeron ropa interior?

Britt soltó el aliento de golpe, sorprendida.

–¿Es que no tienes vergüenza? –exclamó, envolviéndose en los vuelos del traje.

–No quería ofenderte –le dijo él, haciendo un esfuerzo por esconder la sonrisa–. Simplemente te estaba admirando un poco.

–Bueno, puedes dejar de admirarme ahora mismo.

–¿Seguro?

–Sí. Seguro. Me siento ridícula.

–Estás preciosa. Y, ahora, ven.

–Tienes que estar de broma.

–Bueno, quédate ahí toda la noche.

–No tendré que hacerlo –le dijo ella, llena de confianza–. Porque en algún momento tendrás que irte. Y en ese momento me acostaré para dormir en mi cama.

–Vamos. Sabes que quieres hacerlo.

–Sé que no quiero. ¡Que me hayas salvado la vida no significa que tengas derecho de pernada!

–Ah, entonces eres virgen –le dijo, como si fuera la primera noticia que tenía al respecto–. ¿Cuándo pasó?

Britt le fulminó con una mirada negra. Era evidente que estaba disfrutando con ese juego.

Sharif se sirvió un zumo y se comió unas cuantas uvas. Mientras tanto, Britt recorrió la tienda con la mirada, buscando otro sitio donde sentarse. No había otro, y él no tenía intención de irse a ninguna parte.

–No hay ningún otro sitio donde sentarse. Hasta que te vayas...

Él se encogió de hombros y siguió comiendo.

–No hacen falta sillas en los harenes. Solo hace falta esta zona multifuncional, para dormir y para el placer.

–¡No me lo recuerdes! No sé a qué juego juegas, Sharif, pero me gustaría que te fueras ahora.

–No me voy. Este es mi campamento, mi tienda, mi país... y tú... Eres mi invitada.

–Te traté mucho mejor cuando eras mi invitado.

Él arqueó una ceja para recordarle que le había tratado como a un tonto.

–Yo fui a hacer negocios contigo –dijo ella, cambiando el apoyo al otro pie, resistiendo la tentación de ir a sentarse junto a él–. Si te hubieras quedado durante el tiempo suficiente para tener una conversación de verdad en Skavanga, no estaría aquí ahora.

–Entonces es eso. Todavía te duele.

–Desde luego.

Sharif se dio cuenta de que se había ido en el momento justo y, aunque no quisiera traicionar a Tyr, tenía que tranquilizarla un poco.

–Bueno, lo siento. Parece que tengo que aprender a explicarme mejor de ahora en adelante.

–Ya lo creo –dijo ella, cruzándose de brazos.

–Me alegro mucho de que estés aquí, y de una pieza.

–Gracias por recordármelo. Ya sabes que no puedo enfadarme contigo ahora... Pero a lo mejor podemos ser amigos, ¿no? –dijo ella–. Excepto en los negocios, claro –añadió rápidamente.

–A lo mejor. A lo mejor también en los negocios.

–Bueno, cuéntame algo de este lugar –dijo ella después de unos segundos–. ¿Tu gente siempre te prepara una tienda para el harén, por si acaso?

–¿Por si acaso qué?

–Creo que sabes muy bien a qué me refiero.

–Ven y siéntate conmigo para que pueda contártelo todo. ¿O es que no confías en ti misma lo bastante como para sentarte a mi lado?

Britt escogió el sitio más alejado de él.

–¿Recuerdas los ciervos?

–¿Los ciervos? –repitió ella.

–Sí. Los ciervos que vimos en Skavanga, lo relajados que estaban mientras les observábamos.

–¿Y entonces me vas a contar lo de la tienda?

–Entonces te cuento lo de la tienda. Sí –le prometió.

Ambos guardaron silencio unos segundos.

–Este lugar no tiene precio. Todo lo que ves a tu alrededor se ha conservado con mucho cuidado, durante siglos. Es un tesoro.

–Sigue.

–Por la falta de sillas, ya debes de haber adivinado que este lugar está dedicado al placer. No era cosa de los jeques solamente. Muchas mujeres pedían ser concubinas.

–Pues eran muy tontas.

–¿Por qué dices eso?

Britt se quitó el velo de la cara. Resopló.

–Porque yo nunca me dejaría seducir tan fácilmente.

–¿En serio?

–En serio.

–Entonces es una pena que tus pezones te delaten sin remedio.

Ella bajó la vista rápidamente y, después de sonrojarse hasta la médula, se echó a reír.

–¿Sigo?

–Por favor.

–Después de haber pasado otro día más bajo un sol inclemente, luchando contra invasores crueles, cazando, buscando comida, el jeque regresaba...

–Redoble de tambores.

Él se rio.

–Si quieres.

–¿Cuántas mujeres tenía?

–Un equipo de fútbol. A lo mejor más.

–Los jeques debían de estar muy en forma por aquel entonces.

–¿Me estás diciendo que yo no lo estoy?

Ella le miró a los ojos y sonrió.

–O a lo mejor podía haber una única mujer especial. Si satisface al jeque, con una debería ser suficiente.

–¡Suerte que tiene! –exclamó Britt–. Hasta que el jeque decida aumentar su colección de adoradoras, ¿no?

–Tienes una gran imaginación, Britt Skavanga.

–Mucho mejor así porque puedo ver venir los problemas.

–Entonces, ¿qué diferencia hay entre mi historia y la forma en que tú has tratado a los hombres en el pasado? Te crees independiente, ¿no? Eres una mujer que hace lo que le place.

–Desde luego.

–Nadie obligó a las mujeres del jeque a entrar en el harén. Lo hicieron porque quisieron.

–Y supongo que lo considerarían todo un honor –dijo Britt, lanzándole una mirada irónica.

–Pero estarás de acuerdo en que una mujer tiene derecho a tener los mismos privilegios que un hombre.

–Claro.

Britt se preguntó adónde iba a parar la conversación? ¿Por qué se sentía como si Sharif la estuviera acorralando?

–Entonces, si estás de acuerdo, ¿puedes darme una sola razón por la que no deberías buscar el placer en los aposentos del harén del jeque, al igual que cualquier hombre?

Ella abrió y cerró la boca antes de llegar a decir nada.

Siempre se quedaba sin palabras cuando se trataba de Sharif.

La había acorralado en un rincón del que no sabía cómo salir.

Capítulo 12

APENAS podía creerse que Sharif le hubiera dado carta blanca para abandonarse a los placeres que ofrecía esa habitación.

Tenía que tener cuidado, no obstante. Había oído cosas sobre Kareshi, y a ella le gustaba mantener el control. Miró a su alrededor. Empezó a ver cosas que no había visto antes. A lo mejor eran artefactos antiguos, como decía él, pero estaban diseñados para el gozo carnal más delirante.

Britt respiró profundamente al oírle reírse con disimulo.

–¿Dónde estás ahora, Britt?

«En el Planeta Erótica...», pensó para sí.

–Estoy en una tienda de campaña muy interesante. Eso ya lo veo.

–Muy interesante, ¿verdad? Entonces por fin te he descubierto, ¿no, Britt Skavanga?

–¿Qué? –le preguntó ella, asiendo los bordes de su traje.

–Me parece que tienes los pies sobre arenas movedizas, y no sobre tierra firme. ¿No crees? –le preguntó Sharif con un brillo peligroso en los ojos–.

Te he ofrecido la libertad del harén, la oportunidad de disfrutar como un hombre, ¿y sigues dudando?

–A lo mejor no eres tan irresistible como te crees.

–Y a lo mejor tú no estás siendo del todo sincera –le dijo él–. ¿Qué ves a tu alrededor, Britt? ¿Qué te llevan a creer tus prejuicios? ¿Crees que las mujeres fueron traídas aquí a la fuerza? ¿Ves una prisión cuando miras a tu alrededor? Yo miro y veo una habitación de oro, diseñada para el placer.

–Eso es porque eres un hedonista. Pero yo soy una mujer moderna y tengo mucho más sentido común.

–¿Entonces el sexo rápido en un rincón es bastante para ti?

–A mí no me gusta este tipo de cosas.

Sharif esbozó una media sonrisa.

–Eres una mentirosa, Britt. Tú tienes una mente inquisitiva, y ahora mismo te preguntas...

–¿Qué me pregunto?

–Eso es. No lo sabes.

–Esa respuesta no me sirve.

–Lo que quiero decir es que te preguntas si puede haber placer más grande que el que ya hemos compartido. ¿Por qué no quieres averiguarlo? ¿Por qué no dejas a un lado los prejuicios? ¿Por qué no abres la mente a nuevas posibilidades, y a cosas que los... modernos tal vez no han descubierto porque han sido preservadas por tribus como esta?

–No puede quedar mucho por descubrir.

Sharif le tocó la mano. Ella la apartó rápidamente.

–¿Lo has sentido?

Apenas la había tocado, pero sus sentidos habían entrado en ebullición.

–Y esto –murmuró él, rozándole la nuca suavemente.

Ella levantó los hombros ligeramente. Dejó escapar un suspiro.

–¿Qué ha sido eso? La sensación es increíble. ¿Qué me está pasando?

–Te está pasando –le dijo él, señalando un plato dorado que contenía una crema con la que las mujeres le habían dado un masaje–. Es la poción mágica, un secreto que ha viajado a través de muchas generaciones. No es magia. Es una mezcla especial de hierbas. Sin embargo...

Britt se dio cuenta de que los arañazos que se había hecho en el desierto casi habían desaparecido. Se estremeció de manera involuntaria. La mano de Sharif seguía deslizándose por su cuello.

No podía hacer otra cosa que cerrar los ojos y dejarse llevar por las sensaciones.

–Te ponen la loción en el cuero cabelludo, y también en el cuerpo. Es una loción diseñada para intensificar las sensaciones.

Britt recordó que las mujeres la habían embadurnado con esa crema. Se la habían puesto por todo el cuerpo.

Miró a Sharif. Vio su cara burlona. Pensaba que había ganado de nuevo.

Se puso en pie bruscamente y se enredó sin remedio con los pliegues del traje.

–He oído que los velos se usan para atar, y también como vendas para los ojos –le dijo Sharif–. Pero ¿para qué los necesitas si tú sola te atas de pies y manos? Déjame ayudarte...

Britt no tuvo más remedio que quedarse quieta mientras Sharif la liberaba.

No estaba preparada para recibir tanta delicadeza. Le deseaba tanto. Siempre le había deseado.

Sharif empezó a quitarle el traje que la envolvía. Le descubrió los pechos, los pezones, el abdomen, los muslos. Un diminuto pedacito de tela le tapaba las partes íntimas.

Ella se concentró en experimentar todas las sensaciones. Por suerte él no tenía ninguna prisa. Todo lo que hacía estaba calculado para relajar y dar placer. Se tomó su tiempo para prepararla. Sus manos eran un instrumento sutil, experto...

–Y ahora todo lo demás –le dijo en un susurro.

Cada vez que le aplicaba la crema la llevaba a un nuevo nivel de conciencia y de excitación.

Le puso un cojín bajo las caderas y metió las manos en el ungüento por segunda vez.

Las frotó un poco para calentarlo...Y la tocó.

–¿Bien? –le preguntó.

–¿De verdad necesitas que te conteste?

Por fin la tocaba donde más lo necesitaba.

–Todavía no –dijo él, retirándose.

Ella gruñó a modo de protesta.

Le oyó lavarse las manos en el bol de agua aromática y después se las secó con un trapo.

–Necesitas tiempo para apreciar todas las sensaciones, y eso es lo que te voy a dar, Britt.

Ella respiró profundamente. Era incapaz de decir nada.

–¿Por qué conformarse con un par de veces cada noche? –le preguntó Sharif.

Los ojos le brillaban como si estuviera a punto de echarse a reír.

–Y ahora tienes trabajo que hacer –añadió, rompiendo el hechizo mágico.

Quitó los cojines y la hizo bajar las piernas.

–¿Qué? –dijo ella, siguiendo su mirada hasta el bol de crema.

Le aflojó el cinturón del caftán. La ropa del desierto estaba diseñada para deshacerse de ella rápidamente.

Sharif era una visión imponente. Tenía un pectoral formidable, perfectamente esculpido, pero no se sentía intimidada. Le conocía bien. Sabía que era dulce y delicado, dueño de sí mismo.

Él se dio la vuelta y se acostó boca abajo.

Britt empezó a masajearle la espalda a conciencia, sin olvidar ningún rincón. No quería centrarse demasiado en su trasero, pero era difícil de ignorar. Eran las nalgas más perfectas que había visto jamás. Tenía ganas de apretarlas con los dedos, de morderlas.

Él se volvió de repente.

–¿Te he dicho que te des la vuelta?

–Sigue –murmuró él, acostándose boca arriba.

Britt se tomó su tiempo para llenarse las manos de crema y aún más para calentarla, pero finalmente ya no pudo retrasar más el momento. Empezó por el pecho, recreándose en la sensación de extender el producto sobre su piel cálida y firme. Siguió bajando por los brazos hasta llegar a las yemas de los dedos y se detuvo ahí un momento para masajear esas manos capaces de dar el mayor placer imaginable.

De repente Sharif le agarró las manos y las puso más abajo. Se miraron a los ojos.

Él ganó.

Britt se tomó su tiempo y se aseguró de embadurnar de crema cada centímetro de su grueso miembro.

–Bueno, Britt, ya veo que empiezas a entender los beneficios de retrasarlo todo un poco.

–¿Y qué pasa si es así?

–No finjas conmigo –le advirtió Sharif, estirándose del todo. La desnudez no era una fuente de incomodidad para él–. Bueno, ¿qué te parece mi habitación de placer?

–No está mal.

–¿Entonces te gusta? –le preguntó él en un tono burlón.

–Es fascinante –le contestó ella–. De acuerdo. Es fabuloso –admitió al ver cómo la miraba él.

–¿Pero?

–Tiene un aire de placer prohibido. ¿Cómo puede alguien entrar aquí sin sentirse culpable?

–¿Te sientes culpable?

–Es que esta es la clase de lugar donde podría pasar cualquier cosa...

–¿Adónde quieres llegar, Britt?

–Me gustaría conocer todas las posibilidades.

Sharif satisfizo su curiosidad. Le habló de los usos de los cojines, le explicó para qué servían las plumas que tanto la habían intrigado.

Britt se sonrojaba con cada descripción explícita.

–¿Y qué me dices de la sauna de Skavanga? –le preguntó él al ver su reacción–. ¿Y las ramitas de abedul?

–Se usan de forma terapéutica, para que la sangre fluya más deprisa.

No iba a hacerle más preguntas, porque no sabía si quería oír las respuestas.

Se miraron durante unos segundos. Ambos estaban tomando decisiones. Finalmente, ella se arrodilló delante de él, le sujetó el rostro con ambas manos y le dio un beso en la boca.

Los labios de Sharif eran firmes y cálidos. Podían curvarse con una sonrisa o convertirse en una línea recta.

Continuó besándole, incrementó la presión y le separó los labios con la lengua. Sharif rodó sobre sí mismo y la atrapó debajo de él.

–Todo el trabajo que he pasado contigo, Britt Skavanga –le dijo, sonriendo contra sus labios–. Y lo único que realmente quieres es esto.

Ella dejó escapar un grito al sentir su pierna entre los muslos.

–Lo único que quieres es el romance del desierto y que el jeque te haga el amor. Admítelo.

–Eres imposible.

–Y tú eres increíble –murmuró él, estrechándola entre sus brazos.

—Sí que te deseo —admitió ella, todavía reticente a ceder.

—Bueno, eso me viene muy bien. Porque yo también te deseo.

El flirteo se hacía cada vez más intenso porque Britt sabía adónde llevaba. Sabía que Sharif no retrocedería, y ella tampoco. Separó las piernas y flexionó un poco las rodillas. Él la tocó para ver si estaba lista y entonces la penetró.

Ella empezó a mover las caderas para capturarle del todo. La crema obraba su magia.

Con un empujón más le absorbió por completo y entonces perdió el control. Debió de gritar su nombre muchas veces. Debió de gritar muchas cosas... Cuando la sensación empezaba a remitir, él volvía a llevarla al límite, una y otra vez.

Eran insaciables. Por muy rápido que se movieran, por mucho que empujaran, nunca parecía ser suficiente. Los gritos de placer de Britt le daban fuerzas a Sharif. Le hacían incansable.

Cada embestida poderosa suscitaba nuevas sensaciones, despertaba nuevos sentidos... Al final Britt debió de perder la conciencia, exhausta y saciada.

—Bienvenida a mi mundo, Britt Skavanga.

Eso fue lo último que le oyó decir antes de dejarse llevar por el sueño.

Capítulo 13

SHARIF observó a Britt mientras dormía durante un buen rato, consciente de que llevaba toda la vida buscando a una mujer como ella. Por fin la había encontrado, pero no podía tenerla. Britt jamás accedería a ser su concubina, y cuando se casara...

Siempre había creído que debía casarse por motivos políticos, por el bien de su país. Y el consejo ya empezaba a presionarle para que tuviera en cuenta algunos enlaces muy ventajosos.

Le apartó un mechón de pelo de la cara.

Encontraría la manera de tenerla. El Jeque Negro siempre encontraba una solución. Nunca le pediría que renunciara a su independencia, no obstante. Se pagaba un precio muy alto por los privilegios de una vida mayestática.

Además, ella era una mujer excepcional. Podía hacer grandes cosas y se merecía una oportunidad para escoger su propio camino. El suyo propio, en cambio, estaba grabado en piedra.

Skavanga Mining, el asunto de Tyr...

Había varias complicaciones añadidas.

Sharif soltó el aliento. Los negocios y los sentimientos chocaban. El consorcio necesitaba la experiencia de Britt en la industria minera, y también precisaba de las habilidades de su gente, ¿pero querría ella quedarse en la empresa cuando el consorcio tomara las riendas? Llevaba mucho tiempo al frente de todo, así que haría falta una buena dosis de diplomacia para mantenerla a bordo.

¿Cómo podría hacerle más llevadero el golpe?

El dilema era simple en el fondo. Britt era muy importante para él, pero le debía lealtad al consorcio.

La luz de la pantalla del teléfono le distrajo. Era Rafa. Le decía que se había visto obligado a inyectar capital en Skavanga Mining, guiado por las recomendaciones de los analistas financieros.

Britt lo hubiera interpretado como otra maniobra conspiratoria más, pero en realidad Rafa había salvado la empresa.

–Nuestros hombres ya están en Skavanga Mining, y te necesitamos sobre el terreno para que des un poco de tranquilidad a la gente. No queremos que cunda el pánico con los cambios –le decía Rafa.

–¿Y qué pasa con Tyr?

–Tyr no va a poder estar.

–¿Qué quieres decir? –Sharif masculló un juramento.

Si Tyr iba a Skavanga y le explicaba las cosas a Britt en persona, el golpe no sería tan duro para ella, pero... ¿Cómo iba a explicárselo todo él solo sin traicionar a su hermano? ¿Cómo iba Britt a entender que las acciones de su hermano eran las que habían

inclinado la balanza a favor del consorcio definitivamente?

Tenía que volver a Skavanga de inmediato.

–Estaré allí en catorce horas.

Terminó la llamada.

Miró a Britt. Sabía que no había tiempo que perder.

Britt se despertó y su primer pensamiento fue
Sharif. No quería despertarle. Acababa de amanecer. El primer rayo de luz apenas empezaba a aso-
mar por la entrada a la tienda. Se estiró, todavía
adormilada y le buscó con la mano...

El espacio vacío la hizo abrir un ojo. El golpe de
la sorpresa y la decepción se vieron reemplazados
rápidamente por un razonamiento lógico. Habría salido a montar. Gruñó de felicidad y rodó sobre los
cojines de seda. Agarró uno y apoyó la mejilla. Se
quedó quieta para escuchar los sonidos del exterior.
Podía oír voces en la distancia, ruidos de cacerolas,
un burbujeo de agua en la bañera...

Al oír el teléfono se levantó de un salto.

–¿Leila?

–Me alegro tanto de oír tu voz.

Un silencio ominoso...

–Leila, ¿qué pasa? –debía de ser medianoche en
Skavanga.

–No sé por dónde empezar. Tenemos problemas.
Tienes que volver a casa. Te necesitamos.

–¿Quién tiene problemas? ¿Qué ha pasado?

–La empresa.

Britt miró el lado vacío de la cama.

–No te preocupes. Salgo para allá.

Salió a la zona de la bañera. Su mente se había puesto en funcionamiento de forma automática.

–Espera un momento, Leila –tomó un par de toallas de un montón, se envolvió en ellas y corrió hasta la entrada del pabellón del harén.

En ese momento pasaba una chica por delante. Le hizo señas. Le pidió su ropa con urgencia y volvió a entrar.

–Muy bien. Aquí estoy –le dijo a su hermana–. Bueno, cuéntame qué pasa.

El silencio que le llegaba desde el otro lado de la línea solo duró unos segundos, pero a Britt le pareció una eternidad.

–Leila, por favor.

–El consorcio se ha hecho cargo de la empresa.

–¿Qué? ¿Cómo pueden haber hecho eso? Todos los accionistas me dieron su palabra.

–Pero no tenemos suficientes acciones entre todas para impedir una opa hostil. Han comprado más acciones en otro sitio.

–¿El consorcio nos ha traicionado?

Eso significaba que Sharif la había traicionado.

–No me lo puedo creer. Tiene que haber un malentendido.

–No hay ningún malentendido. Sus hombres están aquí.

–¿Han aparecido en mitad de la noche?

–Al parecer, es así de grave.

Durante una fracción de segundo, Britt no supo qué pensar, qué hacer. Estaba paralizada.

–Siento haberte asustado.

–Yo soy la que siente que hayáis tenido que enfrentaros a esto solas. Estaré allí en cuanto pueda subirme a un avión... Hay algo que no entiendo. ¿Cómo se puede llevar a cabo el acuerdo, si la familia tiene la mayor parte de las acciones? Tú no les han vendido las tuyas, ¿no?

–Ninguna de nosotras.

–¿Quién entonces?

–Tyr... Tyr tiene más acciones que nosotras. ¿No recuerdas que nuestra abuela le dejó un paquete de acciones muy importantes?

Britt cayó en la cuenta de repente. Su abuela había hecho algo con las acciones, pero por aquel entonces era demasiado joven como para entenderlo.

–¿Está Tyr contigo? ¿Está en Skavanga?

–No. No está, Britt. Ni Eva ni yo le hemos visto. Lo único que puedo decirte es que Tyr y el Jeque Negro son los que están detrás de este trato –le explicó Leila–. El jeque tiene a sus abogados y a sus contables por todas partes.

–No ha perdido el tiempo –dijo Britt.

–Esto es tremendo. Todavía no podemos creernos que esté pasando.

–No te preocupes por nada. Quédate al margen hasta que yo llegue. Yo me ocuparé de todo.

–¿Y qué pasa contigo, Britt?

–¿Conmigo? –soltó una risotada amarga–. Déjame ir a hacer la maleta para que pueda volver a casa.

Se dio la vuelta de golpe al sentir el roce de la cortina de la entrada. Era una de las mujeres. Llevaba la ropa en la mano.

Britt tomó un taxi en el aeropuerto. Era como si nunca se hubiera ido.

Las calles, no obstante, parecían más grises que nunca. Las aceras estaban cargadas de nieve, y los nubarrones tenían un aspecto amenazante.

Pero ese era su hogar, y lo amaba fuera como fuera. Esa tierra hostil era el lugar donde había nacido, donde había aprendido a luchar.

Sus hermanas la estaban esperando en la puerta.

Sabiendo que no tenía tiempo que perder, había ido directamente a la oficina desde el aeropuerto. Por suerte tenía un traje que no se arrugaba y medias de sobra en la maleta.

—Juntas por fin —les dijo Britt después de darles un abrazo.

—Gracias a Dios que estás aquí —dijo Eva con la cara muy seria—. Nos están apabullando unos extraños. Nunca antes hemos necesitado tanto mostrar un frente común.

—No son extraños. Es gente del consorcio —dijo Leila—. Pero él está aquí. Pensé que deberías saberlo.

—¿Tyr?

Al ver la expresión de Leila, Britt entendió de quién hablaba.

—Sharif está aquí, ¿no? —pasando el área de recepción, condujo a sus hermanas hacia las escaleras.

–Con su ejército –añadió Eva.

–No te preocupes. Puedo ocuparme de esto –le aseguró.

Eva tenía razón, no obstante. El vestíbulo del primer piso estaba lleno de gente a la que no conocía.

La gente del consorcio, la gente de Sharif...

Definitivamente Tyr no iba a aparecer por allí. Sharif había hecho todo lo posible para convencerle, pero era inútil. Dejó el teléfono a un lado. La conversación había sido lo que se podía esperar de un Robin Hood moderno. Si había una causa noble por la que luchar, allí estaba Tyr.

No podía culparle, no con todo lo que estaba ocurriendo en su vida, pero su presencia hubiera aliviado mucho el golpe que Britt se iba a llevar.

Se apartó de la ventana al ver llegar el taxi. Tenía que mantenerla a bordo, por muy furiosa que estuviera. Skavanga Mining la necesitaba.

Él la necesitaba.

No diría nada de Tyr, tal y como había prometido, y dejaría que la culpa recayese sobre el malvado Jeque Negro. Le haría honores a su reputación, por una vez. Era mejor que le odiara y no que culpara a su hermano.

El consorcio era la última oportunidad de Skavanga Mining, y Tyr lo veía muy claramente. Por eso les había vendido las acciones sin vacilar. Britt, en cambio, no lo entendería... Le había dejado un mensaje con las mujeres del campamento, y solo podía esperar que lo hubiera recibido. De lo contrario, estaba en un aprieto.

—Britt —se volvió en cuanto ella entró.

—Esperadme fuera —les dijo ella a sus hermanas.

—¿Estás segura? —preguntó la más pequeña, nerviosa.

—Seguro —dijo Britt, sin apartar la vista de Sharif—. Por favor, siéntate —dijo, y entonces recordó que era él quien mandaba ya.

—Gracias —Sharif atravesó la estancia para ofrecerle una silla.

Prefirió no sentarse en la silla del director. Se sentó frente a ella.

—Llamé a los abogados cuando venía del aeropuerto.

—No hay ninguna prisa. Yo mismo puedo explicártelo todo.

—Prefiero tratar con profesionales.

Ella le miró a los ojos, pero no encontró nada. ¿Qué encontraría él en los suyos? ¿Lo mismo?

—Me gustaría oír tu versión de los hechos —le dijo con frialdad—. Creo que mi hermano está involucrado de alguna forma.

Por primera vez vio titubear a Sharif.

—¿Creías que no me iba a enterar?

—En otras circunstancias me hubiera gustado que las cosas tomaran su curso natural para que pudieras hacerte a la idea. Tal y como resultaron las cosas, él se vio obligado a intervenir para impedir una opa hostil por parte de terceros.

–¿Y esto no es hostil?

–¿Cómo va a serlo si se trata de Tyr?

–No lo sé, porque no he tenido noticias de él.

–Sigue viajando.

–Eso creo. Fue más fácil ser un cobarde, supongo...

–No permitiré que nadie le llame cobarde en mi presencia –Sharif la interrumpió con brusquedad–. Ni siquiera tú, Britt.

Britt iba a decir algo más, pero se detuvo.

–¿Te das cuenta de que Tyr y yo nos conocemos desde hace mucho?

–No conozco a todos sus amigos. Todavía no –añadió en un tono corrosivo.

Ignorando el comentario, Sharif le explicó que Tyr les había ayudado durante el conflicto de independencia de Kareshi.

–¿Con su mercenarios? –le preguntó Britt en un tono despreciativo y sarcástico.

–Con el apoyo de tu hermano, pude proteger a mi gente y la salvé de los tiranos que querían destruir mi país –la atravesó con una mirada–. No permitiré que nadie hable mal de tu hermano.

–Según lo que me dices, entiendo que mi hermano no ha hecho nada malo. Tyr sabe cómo ayudar a la gente, excepto a su propia familia.

–Te equivocas. Y te voy a decir por qué. Si Tyr hubiera sumado sus acciones a las tuyas y a las de tus hermanas, la empresa hubiera seguido yéndose a pique. Si sumas esas acciones al consorcio y a los fondos que podemos aportar, ahora, y no en algún momento futuro, entonces tienes auténtico poder. Eso es lo que hizo tu hermano. Tyr intervino para salvarte, no solo a ti y a tu familia, sino a la empresa y a la gente que trabaja allí.

–¿Y por qué no podía decírmelo él mismo?

–Te lo explicará todo cuando esté listo –Sharif se detuvo. Parecía que quería decir algo más–. Es más valiente de lo que crees.

Britt se sintió como si le hubieran dado una bofetada en la cara. No había batallas en las que luchar, porque la guerra ya estaba ganada.

–¿Un vaso de agua? –le preguntó Sharif suavemente.

Ella se tocó los ojos. Hizo un esfuerzo por mantener la compostura. Se sentía mareada, agotada.

Echó atrás la silla. Se puso en pie.

Sharif también se levantó.

–Queremos mantenerte a bordo, Britt.

–Necesito tiempo...

–El consorcio necesita a tu gente, necesita tu experiencia y conocimientos. Por lo menos prométeme que pensarás en todo lo que he dicho.

–Diez minutos –dijo ella, dando media vuelta.

Tenía que salir de allí de inmediato.

Se apoyó en el lavamanos, frente al espejo del aseo. No era capaz de contemplar su propio reflejo. No soportaba ver el deseo por Sharif en sus ojos. Todo lo que él había dicho tenía sentido... Se echó un poco de agua fría en la cara, agarró una toalla y se puso erguida. Tenía que enfrentarse al hombre cruel que la esperaba en la sala de juntas, un hombre al que amaba más que a nada en el mundo. Solo quedaba una única decisión por tomar. Podía marcharse, o quedarse y trabajar para Sharif.

Podía quedarse. Tenía que hacerlo. No podía abandonar a su gente, ni tampoco a sus hermanas. Y, si su corazón se rompía todavía más, no tenía importancia. Ya lo reemplazaría por uno de piedra.

Capítulo 14

BRITT regresó a la sala de juntas. Sharif caminaba de un lado a otro. Parecía impaciente, apesadumbrado, como un hombre que soporta todo el peso del mundo sobre sus hombros. Durante una fracción de segundo casi sintió pena por él. ¿Quién compartía la carga con él?

–Hay un problema –le dijo de repente.

–Oh –Britt palpó la pared que tenía detrás.

–He tenido que hacer unos cambios en los planes.

–¿Hay problemas en Kareshi?

–Un pariente problemático que fue desterrado del país... Ha vuelto durante mi ausencia y está tratando de buscar apoyo entre los agitadores que aún permanecen en Kareshi. Es una lucha elemental... Un futuro moderno contra un pasado oscuro en el que una minoría privilegiada explotaba a los más débiles. Tengo que volver. Le prometí a mi gente que nunca volverían a verse en manos de tiranos, y tengo que mantener esa promesa.

–¿Qué puedo hacer?

–Necesito que accedas a quedarte aquí. Necesito que hagas mi trabajo mientras estoy fuera. Es pre-

ciso que facilites la transición para que nadie se in-
quiete con todos los cambios. ¿Harás eso por mí,
Britt?... Realmente lo necesito.

El corazón de Britt latía con violencia.

–¿Tengo que hacerlo por ti, o por el consorcio?

–Lo tienes que hacer por ti, y por tu gente, Britt.
Y por lo que esta empresa significa para ellos. Man-
tén las cosas en orden hasta mi regreso. Después
pondremos en marcha el proyecto de los diamantes
y podrás ver todos los beneficios que eso traerá.

–¿Cuánto tiempo vas a estar fuera?

–Un mes. No más. Te lo prometo.

La tensión creció.

–He visto mucha gente nueva. ¿Me los vas a pre-
sentar?

Sharif respiró, aliviado.

–Gracias, Britt. La gente a la que has visto es gente
en la que confío, gente en la que podrás confiar. Han
venido con el consentimiento de tus abogados. Tu director financiero está con ellos para facilitar...

–La opa del consorcio sobre la empresa de mi familia.

–Para facilitar una intervención necesaria. Espero poder darte las razones adecuadas para que
cambies de idea –le dijo al ver su expresión–. Esto
va a ser bueno para todos, Britt, y tú, más que nadie,
deberías saber que no hay tiempo que perder. El in-
vierno en el Ártico está a la vuelta de la esquina, y
las prospecciones preliminares serán más difíciles,
si no imposibles, así que necesito una respuesta
firme ahora.

–Me quedo. Claro que me quedo... Pero ¿qué pasará cuando regreses?

–Puedes quedarte o marcharte. Puedes seguir teniendo una implicación en la empresa, pero también puedes viajar, si es eso lo que quieres. Yo tengo negocios en Kareshi. Puedes hacer tus funciones allí si quieres.

–Entonces haré como tú. Siempre estaré viajando.

–Y siempre podrás volver a casa –le dijo él, encogiéndose de hombros–. ¿Qué quieres que te diga, Britt? Si quieres responsabilidad, no hay una manera fácil de tenerla. Eso deberías saberlo. Tienes que aceptar el pack completo.

–¿Y qué pasa cuando vuelva Tyr?

–No sé si tu hermano tiene algún interés en el negocio, más allá de salvarlo.

Britt se sonrojó. Debería haber anticipado su respuesta.

–Ahora tengo un nuevo contrato para ti.

–Te has anticipado.

Con gesto circunspecto, Sharif le quitó la tapa a su bolígrafo.

–Tus abogados lo han revisado –le explicó–. Puedes leer la carta que te adjuntaron. La tengo aquí. Te dejo sola un momento.

Britt agarró el bolígrafo al tiempo que la puerta se cerraba. Tenía los nervios de punta.

Leyó el documento.

–Es lo mejor –se dijo.

Respiró profundamente. No había tiempo para

sentimientos personales. Nunca lo había. Se había engañado tanto...

Fue hacia la puerta y le pidió a la primera persona que vio que sirviera de testigo para la firma. Dos minutos después todo estaba hecho. Ya no había una empresa familiar que dirigir. Trabajaba para el consorcio, como todos los demás.

Sharif volvió.

–No has perdido nada –le dijo al ver su cara–. Has ganado algo.

Britt guardó silencio.

–Te dejé un mensaje en Kareshi. ¿No lo recibiste? ¿Las mujeres no fueron a dártelo? –le preguntó al verla negar con la cabeza.

De repente recordó que las chicas habían intentado decirle algo. Tenía demasiada prisa y no las había escuchado.

–Sí que trataron de hablar conmigo.

–Pero no les diste oportunidad de explicarse. Al igual que tú, Britt, yo tampoco huyo de las responsabilidades. Deberías haber sabido que yo intentaría dejarte algún mensaje de alguna forma... Bienvenida a bordo, Britt.

Ella miró su mano extendida. Se preguntó si se atrevería a tocarla. Tenía miedo de lo que iba a sentir.

–¿Eso es todo? –le preguntó, dando media vuelta–. Tengo que ir a tranquilizar a mis hermanas.

–Ya saben lo que pasa.

–¿Se lo has dicho?

–Yo tampoco quería que se preocuparan, así que les dije lo que pasaba y las mandé a casa.

–No te arriesgas con nada, ¿no?

–Nunca.

Britt resistió el embate de las emociones y fue hacia la puerta.

–No te vayas así –le dijo él de repente.

Ella siguió adelante.

–Britt, por favor, escúchame.

Su voz sonó muy cerca, junto a su oído.

Ella trató de tomárselo a broma. Soltó una carcajada amarga al tiempo que trataba de soltarse.

–Creo que ya te he escuchado bastante, ¿no crees?

–No lo entiendes, ¿verdad? Hago todo esto por ti. Vine aquí por ti, para salvar la empresa. No es solo por el consorcio. Sí, por supuesto que sacaremos beneficios de todo esto, pero yo quería salvar la empresa por ti. ¿Es que no lo ves? ¿Por qué si no me iba a marchar de mi país cuando hay tantos problemas?

–No lo sé –dijo ella, sacudiendo la cabeza–. Todo ha pasado tan rápido, que no sé qué pensar. Solo sé que no te entiendo.

–Yo creo que sí. Creo que me entiendes muy bien.

Britt no estaba dispuesta a sucumbir a los oscuros encantos de Sharif. No podía flaquear en ese momento. La tentación era muy poderosa, pero, si se dejaba vencer, estaría perdida.

–Tengo que irme a casa y ver a mis hermanas.

–Tienes que quedarte aquí conmigo... ¿Tienes miedo de quedarte a solas conmigo, Britt?

Sharif la agarró de la barbilla y la obligó a mirarle a los ojos.

–Te he hecho una pregunta, Britt. ¿Por qué no me contestas?

Las caricias de Sharif eran tan dulces que era muy difícil resistirse a ellas.

–No te tengo miedo.

–Bien. Eso es lo último que quiero... Tengo una idea –añadió, soltándola.

–¿Qué? –le preguntó ella con cautela.

–Me gustaría que te pensaras la posibilidad de trabajar tanto en Kareshi como en Skavanga... No te sorprendas tanto, Britt. Vivimos en un mundo muy pequeño.

–No es eso –Britt sentía un revoloteo en el corazón, pero aún seguía dudando de sus capacidades.

¿Lo diría solo para hacerla sentir mejor?

–No es eso...

–Yo siempre he animado a la gente a que rompa barreras y mire hacia delante, hacia nuevos horizontes. Me gusta promover el talento allí donde lo encuentro, y me gustaría que pensaras en la posibilidad de sacarle un mayor provecho a tus habilidades interpersonales. Sé que siempre te has centrado en Skavanga Mining, y eso es bueno, pero mientras yo estoy fuera... Bueno, simplemente piensa en todo lo que te he dicho, por favor.

–Lo haré –le prometió ella.

Él ya iba hacia la puerta.

–Un mes, Britt. Mandaré el jet.

Cualquier cosa que tuviera que ver con Sharif era un torbellino. Dirigía un país, era un guerrero, amante... Pero nada más.

Había depositado su confianza en ella, no obstante. Y la había puesto al frente de Skavanga Mining para que pudiera seguir protegiendo a su gente.

¿Había dicho un mes?

Era momento de empezar.

Sharif sabía que debía darle tiempo. La vería muy pronto.

Un mes...

Mientras tanto, debía poner orden en su país, en sus negocios.

Pero, sin Britt, no había nada. Sin ella nada tenía sentido. ¿Para qué vivir, sino para amar y ser amado?

Capítulo 15

U N MES era mucho tiempo en los negocios, y Britt no podía evitar sorprenderse con tantos cambios buenos. Las cosas parecían ir muy bien en Skavanga Mining. Los Kareshi habían encontrado nuevas soluciones para la minería en pozos profundos. Las prospecciones ya estaban en marcha y las garantías medioambientales eran una prioridad para el consorcio.

–Oh, vamos –dijo Eva.

Las tres hermanas estaban en el ático de Britt, ayudándola a hacer la maleta para su viaje a Kareshi. Sharif llegaba en un jet privado al día siguiente.

–Le hemos visto. No nos digas que no estás deseando ver a tu jeque del desierto.

–No es mi jeque del desierto –dijo Britt con firmeza, ignorando las miradas que le lanzaban sus hermanas–. Y, para vuestra información, este es un viaje de negocios.

–Y por eso te has comprado toda esta lencería.

¿Viaje de negocios?

Britt se repetía la frase una y otra vez. Una limusina la había recogido en el aeropuerto para llevarla a la residencia de Sharif, en la capital de Kareshi. Miró por la ventanilla. Estaban frente a unas puertas doradas que daban acceso al jardín de la mansión. Durante el viaje había leído que el palacio del jeque era patrimonio de la humanidad; un auténtico castillo medieval completamente restaurado. Era algo extraordinario; una fortaleza amurallada.

Había pasado un mes desde la última vez que había visto a Sharif, y le faltaban palabras para describir lo que sentía.

Soltó el aliento con fuerza. Solo podía esperar que los problemas de Kareshi se hubieran solucionado.

Las cosas marchaban bien en la mina e iban más rápido de lo previsto. Había muchas cosas de qué hablar.

Lista para su primera reunión de negocios, se había puesto un vestido sencillo y una chaqueta a juego en un tono beige muy conservador.

Al ver la escalera de la ciudadela, sintió que el corazón le daba un vuelco. En algún lugar, dentro de aquel edificio gigantesco, estaba Sharif, esperándola.

De repente le vio.

Iba vestido para montar a caballo, y los pantalones le marcaban hasta el último detalle de sus muslos musculosos.

–Bienvenida a mi casa –le dijo él, abriéndole la puerta del coche.

Su rostro era difícil de descifrar. Sonreía, pero bien podría haber sido una sonrisa protocolaria.

El corazón de Britt se volvía loco por momentos.

–Gracias –le dijo, bajando del vehículo.

La invitó a subir los peldaños.

Guardias ataviados con la ropa tradicional custodiaban la gran entrada. Llevaban cimitarras colgadas del cinturón.

Los techos abovedados amplificaban hasta el más mínimo sonido. Todo estaba hecho a lo grande.

Los empleados del servicio les hacían reverencias.

–¿Te gusta? –le preguntó él al verla sonreír.

–Esto es magnífico.

Un grupo de hombres vestidos con trajes vaporosos se inclinó ante Sharif.

El aire olía a canela y a otras especies exóticas.

–¿Por qué sonríes?

–Es que estoy maravillada. Me encantan los edificios con historia. Y este es uno de los mejores que he visto.

–La mayor parte de la ciudadela fue construida en el siglo XII.

La llevó a los jardines aromáticos. Se oía el murmullo de las fuentes.

–Siempre hemos tenido a los mejores ingenieros aquí en Kareshi.

El lugar era una visión de ensueño, sacada de un cuento de hadas. Britt se fijó en los exquisitos mosaicos del suelo, los pájaros que cantaban desde los limoneros, el gorjeo del agua... Aquel era el sitio más romántico del planeta.

–Haré que alguien te lleve a tu habitación.

Britt no pudo evitar sentir un poco de pena. El paseo había terminado.

A lo mejor no veía el momento de librarse de ella.

–Refréscate un poco y nos vemos dentro de diez minutos... A menos que estés demasiado cansada.

–No estoy cansada.

–Bien. Ponte algo informal. Unos vaqueros...

En ese momento apareció un grupo de mujeres. Sus trajes, vaporosos y de muchos colores, ya le resultaban familiares. Miró por encima del hombro mientras caminaba con ellas, pero Sharif ya se había marchado.

–Estos son sus aposentos –le dijo una anciana que parecía estar a cargo del servicio.

Britt miró a su alrededor, extasiada.

–¿Todo esto?

–Todo –le dijo la mujer, sonriente–. Me llamo Zenub. Si necesita algo, solo tiene que pedirlo, o llámeme.

Britt pareció sorprenderse.

–Este es un edificio muy antiguo, pero tenemos un jeque muy moderno. Hay un sistema interno de telefonía. Esta habitación lleva al vestidor y al cuarto de baño –le explicó, abriendo una puerta que bien podría haber sido de oro puro. Estaba llena de gemas incrustadas que parecían auténticas, y quizás lo eran.

Tenía su propio jardín, con fuente y pajaritos incluidos. El aroma de los naranjos, llenos de frutos en esa época del año, era increíble. Era un lugar para perderse, para soñar.

–Hay ropa en el armario, por si la necesita –le dijo Zenub. Hizo salir al resto de mujeres–. Y su maleta está allí –añadió, señalando un vestidor decorado con otro de esos jarrones lleno de flores frescas–. Por favor, no dude en llamarme si necesita algo.

Britt sonrió.

–Lo haré. Gracias. Y gracias por todo lo que ha hecho para hacerme sentir tan bien acogida.

No había adjetivos para describir aquel lugar de película. Britt miraba a su alrededor, boquiabierta. Cada uno de los objetos que había allí debía de ser un tesoro.

Se dio una ducha rápida y se puso unos vaqueros con una camiseta blanca. Un toque de brillo en los labios, unas gotitas de perfume...

«Lista para salir», se dijo, mirándose en el espejo con una sonrisa.

Nada más abandonar la habitación, se encontró con Sharif. Estaba impresionante con una camiseta negra ajustada y unos vaqueros.

¿Cómo era que nunca le había dicho que tenía un tatuaje?

–Hola –atinó a decirle.

–Britt –él la miró de arriba abajo y pareció quedar satisfecho–. Veo que tienes las pilas puestas.

–Sí, jefe –levantó la barbilla y le miró con una sonrisa desafiante.

–¿Vamos?

Había guardias a ambos lados de las imponentes puertas, ataviados con trajes ostentosos y majestuosos tocados.

Bajaron las escaleras juntos. Al llegar al último peldaño, Britt se detuvo, asombrada.

–¿Una moto?

Arqueó una ceja.

–Entiendo que has visto alguna antes.

–Claro, pero...

–Casco.

–Gracias –se lo puso.

Montar en moto era excitante, pero hacerlo con Sharif era otra cosa. Era muy buen conductor. La hacía sentirse segura, pero en peligro al mismo tiempo. Aferrarse a esos músculos de acero mientras corrían por la autopista a toda velocidad disparaba la adrenalina.

Cuando se detuvieron delante de la universidad, Britt casi estaba dispuesta a hacer el amor allí mismo, en la calle.

Afortunadamente, Sharif era mucho más profesional. La llevó a dar un paseo por el campus antes de presentarla ante los estudiantes.

–Tienes otra idea en mente, ¿no?

–Me conoces muy bien –le dijo él. Sus ojos brillaban.

–¿De qué se trata?

–Ya hemos hablado de esto, aunque no de esta manera –se apoyó en una pared–. Si estás de acuerdo, me gustaría que pensaras en la posibilidad de hacer intercambios de estudiantes.

–¿Por eso me has traído aquí?

–Esa es una de las razones. Sí. Quiero que veas adónde van a parar tus diamantes.

No podía disimular el entusiasmo. Su mundo siempre había girado en torno a Skavanga, pero Sharif le ofrecía mucho más. Su corazón revoloteaba, lleno de esperanza.

–Eres la persona más adecuada para el trabajo. Tendrás que informarme a mí de todo. Claro...

–Oh, claro.

–No te burles.

Le tocó la mejilla y la miró a los ojos mientras hablaba. Era imposible no sentir algo, pero Britt trataba de disimular.

–Tu primera tarea será buscar una forma para que las culturas de ambos países entren en contacto.

Britt no pudo contener más la risa.

–¿Ramitas de abedul y harenes? Creo que eso les va a encantar a los estudiantes...

–Britt...

–Lo sé. Lo siento. Creo que es una idea genial.

Sabía que significaba mucho para él. No era un simple capricho. Era una declaración de intenciones, y a lo mejor era la única que iba a conseguir.

Pero estaban cerca. En el fondo lo sabía. Y no se estaba engañando a sí misma esa vez, porque Sharif estaba compartiendo algunas de las cosas más importantes.

Él le apretó la mano y le regaló una sonrisa que le llegaba a los ojos.

Era algo grande para él y era un honor formar parte de su proyecto.

–Tendrás que volver a Kareshi. Claro.

–Por supuesto.

–Una vez se hayan hecho los cambios de Skavanga, y todo se haya calmado por aquí, quiero que hagas un tour por todas nuestras universidades, galerías de arte, espacios de conciertos, museos... Quiero compartirlo todo contigo, Britt.

–Por el intercambio –le aclaró ella. Todavía no estaba muy segura de sí misma.

–Sí. Tenemos algunas exposiciones muy interesantes en los museos. A lo mejor reconoces alguna incluso.

–Pero no esperarás que se lo explique todo a los estudiantes, ¿no?

–No creo que necesiten ninguna explicación, ¿no crees?

Ella miró sus ojos risueños. Recordó aquellos días maravillosos que había pasado en la tienda del harén, donde había perdido el corazón.

Jamás se le había ocurrido pensar que Sharif podía haber perdido el suyo también.

¿O acaso se estaba engañando a sí misma de nuevo?

Capítulo 16

SHARIF retrocedió y contempló a Britt mientras saludaba a los estudiantes. Quería recordar todos los detalles. Ojalá se hubiera preocupado menos desde el principio. Ojalá hubiera sido más abierto con ella. Tendría que haberle dicho lo que sentía.

Pero se parecían demasiado. El deber ocupaba cada minuto de sus vidas.

Mientras la observaba, mientras la veía reír y charlar con alegría, se dio cuenta de lo mucho que significaba para él. Casi sentía celos de los estudiantes que se agolpaban a su alrededor.

¿Cuánto tiempo llevaba enamorado de ella? ¿Desde el primer día, quizás? No había sido capaz de verlo. No podía dejarla ir. Su instinto se lo decía. Tenía todo lo que un hombre podía desear, pero nada tenía sentido sin ella. Veía las cosas de una forma distinta a través de sus ojos. Con ella todas las experiencias se teñían de otro color. La quería en su vida de forma permanente, y no en el otro lado del mundo. Quería hacer algo más que dirigir una empresa con ella. Quería una vida a su lado.

–¿Nos vamos? –le susurró con discreción.

–No –dijo ella, mirando a su alrededor. Aún le faltaba mucha gente por conocer.

–Puedes volver. Recuerda que te he pedido que te ocupes de este proyecto, así que vas a ver a toda esta gente muy a menudo.

–Pero...

Mientras la miraba fijamente, Britt vio con toda claridad en qué estaba pensando. Se le dilataron las pupilas. Sintió su mirada sobre los labios.

No llegarían a la ciudadela. Los vehículos de escolta se quedaron atrás, a unas manzanas de la universidad, perdidos en un laberinto de callejones del centro. Britt gritó. Le preguntó que hacía.

Él se detuvo en un viejo aparcamiento en obras.

–¿A ti qué te parece? –le dijo él.

Todo estaba lleno de andamios y solo se habían levantado unas pocas paredes. No había nadie trabajando ese día. Sharif bajó de la moto y levantó a Britt de la silla.

–¿Esto es seguro? –le preguntó ella al tiempo que la acorralaba contra una pared.

–Pensaba que te gustaba el peligro.

–Y me gusta –le dijo ella, sintiendo sus besos en el cuello.

No podía esperar más, y ella tampoco. Estaban pelvis contra pelvis y la espera era inaguantable. Se arrancaron la ropa con frenesí. Britt le rodeó las caderas con las piernas y se agarró de sus hombros. Nada importaba en ese momento. Estaban juntos. Y ella estaba lista para él.

La penetró rápidamente y esperó. Ambos cerraron los ojos un instante para saborear el momento y entonces todo se aceleró. Él la agarró de las nalgas para que no se rozara contra la pared, besándola sin parar. Gemía y empujaba muy adentro, flexionando las rodillas para conseguir un ángulo mejor.

Britt estaba enloquecida. Sharif quería gritar. Quería que todo el mundo supiera lo que sentía por ella, lo que sentía sin ella...

–¿Sharif? –le dijo de repente, mirándole con ojos de preocupación.

–Britt –sabía que ella ya no podía aguantar más.

Sonrió sobre sus labios. Le encantaba sentir la tensión que se apoderaba de ella justo antes de llegar al orgasmo.

El viaje fue una locura. Se clavaron los dedos, jadearon sin parar, gritaron... y llegaron por fin al éxtasis que tanto buscaban.

Pero no fue solo algo físico. Se encontraron en cuerpo y alma.

–Cásate conmigo. Cásate conmigo y quédate en Kareshi.

–Sí –murmuró ella. Aún estaba adormilada, aturdida tras el frenesí amoroso–. ¿Qué? –gritó de repente, volviendo al planeta Tierra.

–Quédate conmigo y sé mi reina.

–¿Estás de broma?

–No –dijo él, apartándole el pelo de la cara–. Te aseguro que no estoy de broma.

–Eres un rey... ¿Y me propones matrimonio en un aparcamiento en ruinas, después de hacerme el amor contra la pared?

–Soy un hombre que le pide a una mujer que se case con él.

–¿No te estás apresurando un poco?

–Se han visto cosas más raras en los aparcamientos y esta idea lleva tiempo en mi cabeza.

–Pues estaría en un rincón muy remoto de tu cabeza –le dijo ella en un tono bromista.

Él la ayudó a recoger su ropa.

–¿Estás seguro?

–No tengo por costumbre declararme en un aparcamiento, ni en ninguna otra parte, así que... Sí. Estoy seguro. Pero tienes razón.

Se puso de rodillas y se lo pidió de nuevo.

–Ya veo que estás seguro –exclamó ella–. Pero ¿cómo vamos a hacer que esto funcione?

–¿Me hablas en serio?

–Pero...

–Pero nada. Puedes viajar, al igual que yo. Puedes usar Internet. Yo no tengo problemas para mantenerme en contacto.

–Y tienes un país que dirigir.

–Solo te estoy pidiendo que dirijas mi vida –se encogió de hombros–. ¿Por qué tiene que ser tan difícil?

Ella esbozó una sonrisa maliciosa.

–Yo creo que eso sería todo un desafío.

–Un desafío que espero que aceptes... –le dijo, sujetándola con firmeza.

–Sí.

–Me hubiera sorprendido si hubieras dicho otra cosa –admitió, devolviéndole la sonrisa. Le dio un beso en los labios.

–Eres un arrogante...

–Se supone que los jeques lo son –le dijo él, besándola de nuevo–. Simplemente me ajusto al perfil.

–Entonces ¿me quedaría aquí en Kareshi contigo?

–Vivirías conmigo. Y llevarías un proyecto muy importante, conmigo, no para mí. Trabajarás para los dos países, junto a mí. Tendremos una familia, y serás mi esposa. Pero nada de esto tendrá lugar aquí, exactamente. Tengo en mente un sitio mejor que un aparcamiento.

–¿Y qué pasa con el harén?

–Les diré que se vayan a casa.

–Me refiero a la tienda.

–La reservaremos para los fines de semana... ¿Qué me dices, Britt?

–Ya te lo he dicho. Sí. Acepto tus condiciones.

–¿Y mi amor?

–Eso también lo acepto, y de buena gana –le dijo, bromeando.

Sus ojos estaban llenos de todo aquello que quería ver en ella.

–Te quiero –gritó de pronto.

Un grupo de pájaros salió volando del andamiaje.

–Y me da igual que todo el mundo se entere.

–Yo también te quiero, Britt Skavanga –la estrechó entre sus brazos y la besó una vez más–. Te quiero más que a mi vida. Quédate conmigo y ayúdame a convertir Kareshi en un lugar mejor para los dos. Te prometo que a partir de ahora ya no habrá secretos entre nosotros.

Britt frunció el ceño e hizo la pregunta que faltaba.

–Pero ¿cómo me voy a ir de Skavanga?

–No te estoy pidiendo que dejes Skavanga. Te estoy pidiendo que seas mi esposa. Así tendrás más libertad de la que has tenido nunca. Puedes trabajar conmigo, y tener una familia, ser reina y directora de una empresa. Puedes reclutar a los mejores estudiantes de entre los que acabas de conocer. Te estoy pidiendo que seas mi esposa, la madre de mis hijos, mi amante. Las únicas restricciones serán las que tú misma te impongas, o las que te imponga el amor. Encontrarás el equilibrio. Lo sé. Y, si necesitas más tiempo, lo tienes.

Se tomaron de la mano y regresaron al lugar donde habían dejado la moto. Estaban unidos para siempre. Britt se sentía bien a su lado. Se sentía segura, tranquila. Se sentía completa.

Epílogo

SOLO falta una cosa –comentó Britt con tristeza mientras su hermana la ayudaba a vestirse en el día de su boda.

Estaban en un precioso apartamento de la ciudadela de Kareshi.

–Tyr –dijo Leila, levantando el velo que iría sujeto con la diadema de brillantes.

–¿Has oído algo? ¿Sharif te ha dicho algo de Tyr? –le preguntó Eva, con las horquillas en la boca–. Después de todo, Tyr es un peso pesado en el consorcio ahora.

–Nada –admitió Britt, dándose la vuelta para mirarse por detrás en el espejo–. Sharif lo comparte todo conmigo, pero no va a compartir eso. Dice que Tyr volverá a su debido tiempo, y que entonces explicará su ausencia, que no debemos pensar mal de él, porque está haciendo un trabajo maravilloso.

–Arreglando cosas en todos los sitios menos aquí –apuntó Eva.

–Sabes que eso ya lo ha hecho. Ha luchado con Sharif por la libertad de Kareshi. Y yo confío en Sharif –dijo Britt con firmeza–. Si dice que Tyr nos dará una explicación cuando esté listo, entonces es que lo hará. Y, si le ha prometido a nuestro hermano que guardará silencio, entonces tiene que cumplir su promesa. Y no dirá nada, ni siquiera a mí.

–Entonces supongo que tenemos que conformarnos con eso –comentó Eva. Retrocedió para ver cómo le había quedado la diadema–. Y tengo que decir que esos diamantes son fabulosos.

–Me alegro de que te distraigan un poco –dijo Britt, bromeando.

–Bueno, es normal, ¿no? Y este velo...

–Eva, creo que te veo un poco triste –señaló Britt en un tono provocador–. ¿Estás pensando ya en tu propia boda?

Eva suspiró.

–No seas ridícula. No hay ni un solo hombre en la Tierra que me interese –Eva prefirió no ver la mirada que intercambiaban sus hermanas–. Bueno, vamos a ponerte este vestido. Con todo lo que Sharif te hace trabajar en esos proyectos, seguro que caben dos como tú en él.

Leila suspiró, y Eva no pudo esconder la sorpresa.

–Bueno... ¿Quién hubiera dicho que te verías tan femenina? –exclamó, dando un paso atrás.

–Vaya hermana que me ha tocado –murmuró Britt, lanzándole una mirada afilada a su hermana mediana.

Leila protestó.

–¡Eva! –exclamó–. No puedes pelearte con Britt en el día de su boda.

–Qué pena –dijo Eva, avanzando con el velo.

–El vestido te queda perfecto –le dijo Leila a Britt.

–Quédate quieta, ¿quieres? –le ordenó Eva a su hermana mayor–. ¿Cómo quieres que te arregle la tiara?

–Con un martillo y unos cuantos clavos, ¿no? –le sugirió Britt, lanzándole una sonrisa a su hermana Leila.

Pero Eva tenía razón en algo. Los seis meses anteriores habían sido una locura. Había supervisado muchos proyectos, había viajado a Skavanga para ocuparse del trabajo allí... Y como si todo eso fuera poco, se había empeñado en participar en los preparativos de la boda. Sharif se había quejado alguna vez, pero ella no quería hacer las cosas de otra manera. Nunca se había sentido tan viva, y cuando llegara el bebé...

Deslizó una mano sobre su abdomen. Sabía que iba a seguir trabajando hasta el final.

–Hombres a las doce –dijo Leila de repente–. No te preocupes. No le dejaré entrar.

–Quítate. Ya me ocupo yo –le dijo Eva a su hermana pequeña. Fue hacia la puerta y la abrió de par en par–. ¿Sí?

Hubo un silencio. Britt se volvió.

¿Quién podría haber hecho callar a su hermana?

–Señoritas, por favor, discúlpenme, pero el novio me ha pedido que le traiga este precioso regalo a la novia.

Era una voz cálida, profunda, como el sabor del chocolate negro... Y el hombre era igual de irresistible.

Eva seguía mirándole sin decir ni una palabra. Leila dio un paso adelante y agarró la cajita de terciopelo rojo que tenía en las manos.

–Muchísimas gracias –dijo Britt con cortesía. Volvió a mirarle bien y entonces miró a su hermana.

¿Cuál de los dos parpadearía antes?

–Ha sido un placer –dijo él, volviéndose hacia Britt–. El conde Roman Quisvada, a su servicio...

Sorprendentemente, le hizo una reverencia.

–Y esta es mi hermana Leila... Y Eva –añadió.

Su hermana mediana levantó el mentón con altanería.

–Veo que están muy ocupadas –dijo el apuesto italiano. Los ojos le brillaban–. Espero que nos veamos luego.

–¿Me miraba a mí cuando dijo eso? –preguntó Eva, sonrojada, tras cerrar la puerta.

–No hay por qué picarse –apuntó Leila–. Es muy guapo, y amable.

–A mí me gustan los hombres que son amables en el dormitorio –dijo Britt en tono de broma.

–Vaya, vaya, vaya –susurró Leila al tiempo que Britt abría la cajita de terciopelo–. Y hay una nota –añadió.

Las tres hermanas Skavanga contemplaron asombradas el diamante en forma de corazón de color azul.

Britt leyó la nota mientras sus hermanas miraban por encima del hombro.

Espero que te guste llevar el primer diamante que ha salido de la mina de Skavanga. Es tan perfecto como tú. Sharif.

–Qué cursi –comentó Eva–. Y no te conoce muy bien.

Britt sacudió la cabeza y las tres hermanas se rieron.

Mientras avanzaba por la alfombra roja, la multitud que llenaba el enorme salón ceremonial se esfumó. Solo estaba ella, la preciosa Britt. Pero ella era mucho más que eso.

–Estás preciosa –le susurró al oído cuando sus hermanas se apartaron.

No se atrevía a mirarla a los ojos, porque si lo hacía, entonces tendría que llevársela de allí y hacerle el amor con desenfreno, olvidándose de todo y de todos. Tuvo que hacer acopio de toda su fuerza de voluntad para repetir los votos matrimoniales con obediencia. Solo quería tomarla en sus brazos y besarla hasta perder la razón. Los ojos de Britt, más oscuros que de costumbre, le decían que ella también sentía lo mismo. Le sostenía la mirada con un gesto burlón, sabiendo que le ponía a prueba con ello.

Su control estaba a prueba como nunca antes, pero esa era una de las cosas que más le gustaba de ella. Era capaz de retarle de todas las formas posibles.

Y solo quería que siguiera siendo así para siempre.

Britt le dedicó la mirada más dulce de repente. Ataviado con ese traje de seda negra, el hombre al que amaba era una visión inolvidable.

Y era su marido.

Su marido... Sintió una erupción volcánica en su interior. ¿Podría contener la lujuria?

Sharif no quería mirarla y no se volvió hacia ella hasta que los declararon marido y mujer.

El fuego que había en sus ojos bastaba para derretirle los huesos. ¿Cómo iba a soportar algo así? ¿Cómo iba a aguantar el desayuno nupcial?

La comida estaba deliciosa, pero ni siquiera eso era suficiente para distraer su atención. El emplazamiento era maravilloso, pero nada conseguía desviar sus pensamientos. Las velas parpadeaban desde sus apliques, arrojando un resplandor dorado y cálido sobre la rutilante decoración. Los platos y copones dorados relucían como luciérnagas bailarinas. Era un festín sensual, preparado por los mejores chefs del mundo, pero Britt se preguntaba si terminaría alguna vez.

Sharif se puso en pie de repente.

–Señoras y señores, la noche es joven, y les insto a disfrutarlo todo al máximo. Gracias a todos por haber compartido con nosotros el día más feliz de nuestras vidas, pero ahora debo pedirles que nos disculpen.

Britt siguió sin entender nada hasta que le vio silbar con fuerza. Extendió una mano hacia ella. Un corcel negro entró en el hall al galope y se detuvo frente a su dueño. Mientras los invitados miraban boquiabiertos, Sharif la subió a la silla y montó detrás de ella.

El semental levantó las patas delanteras. Su cola era como un río de diamantes negros y sus herraduras daban vigorosas patadas al aire.

Cuando volvieron a tocar tierra firme, Sharif dio una orden en su lengua nativa y el caballo salió a toda velocidad, hacia la noche estrellada, hacia un futuro lleno de promesas.

Aquel vergonzoso secreto la obligaba a ocultar sus sentimientos

Michael Finn era un hombre tan admirado en los negocios como en la cama. Los hombres lo envidiaban y las mujeres lo adoraban. Nada escapaba a su control, salvo la exuberante hermana de su secretaria. Lucy Flippence era un espíritu libre y vivaz que ponía continuamente a prueba las dotes seductoras del magnate australiano.

Lucy se sentía fuera de lugar en el mundo financiero de Michael, pero, cuando sucumbió a la atracción, fue como si estuvieran hechos el uno para el otro. Sabía que aquella relación no duraría mucho y que Michael acabaría tachándola de su lista, de modo que se propuso aprovechar el momento...

Su conquista más exquisita

Emma Darcy

¡YA EN TU PUNTO DE VENTA!

Acepte 2 de nuestras mejores novelas de amor GRATIS

¡Y reciba un regalo sorpresa!

Oferta especial de tiempo limitado

Rellene el cupón y envíelo a
Harlequin Reader Service®
3010 Walden Ave.
P.O. Box 1867
Buffalo, N.Y. 14240-1867

¡Si! Por favor, envíenme 2 novelas de amor de Harlequin (1 Bianca® y 1 Deseo®) gratis, más el regalo sorpresa. Luego remítanme 4 novelas nuevas todos los meses, las cuales recibiré mucho antes de que aparezcan en librerías, y factúrenme al bajo precio de $3,24 cada una, más $0,25 por envío e impuesto de ventas, si corresponde*. Este es el precio total, y es un ahorro de casi el 20% sobre el precio de portada. !Una oferta excelente! Entiendo que el hecho de aceptar estos libros y el regalo no me obliga en forma alguna a la compra de libros adicionales. Y también que puedo devolver cualquier envío y cancelar en cualquier momento. Aún si decido no comprar ningún otro libro de Harlequin, los 2 libros gratis y el regalo sorpresa son míos para siempre.

416 LBN DU7N

Nombre y apellido	(Por favor, letra de molde)

Dirección	Apartamento No.

Ciudad	Estado	Zona postal

Esta oferta se limita a un pedido por hogar y no está disponible para los subscriptores actuales de Deseo® y Bianca®.
*Los términos y precios quedan sujetos a cambios sin aviso previo.
Impuestos de ventas aplican en N.Y.

SPN-03   ©2003 Harlequin Enterprises Limited

Noches apasionadas
KATHIE DeNOSKY

Summer Patterson deseaba un hijo más que nada en el mundo. Lo que no quería era un marido. Por suerte, Ryder McClain, su mejor amigo, podía ser el donante de esperma perfecto. Era leal, innegablemente sexy y el único hombre en el que ella confiaba… y esa era la única razón por la que accedió a concebir a su hijo de un modo natural.

Las noches con Summer ardían de pasión y Ryder empezaba a sentir el calor. Pronto descubrió que se estaba enamorando de ella y de la idea de ser padre, pero ocultaba un secreto que podía destruir para siempre la fe que Summer tenía en él.

¿Para qué están los amigos?

¡YA EN TU PUNTO DE VENTA!

Bianca

«Por mucho que me cueste admitirlo, quizás merezca la pena pagar la astronómica cifra que pides por acostarme contigo»

Siena DePiero quizás tuviera sangre azul en las venas, pero jamás le había gustado el opulento estilo de vida de su familia, que no le había provocado más que desgracias. Tras la ruina familiar, el único bien que quedó con el que poder comerciar fue la virginidad de Siena.

Andreas Xenakis había esperado años para vengarse, y estaba más que dispuesto a pagar para conseguir a Siena en su cama. Sin embargo, tras la primera noche juntos, todo lo que Andreas había pensado de la pobre niña rica resultó ser falso.

Perdón sin olvido

Abby Green

¡YA EN TU PUNTO DE VENTA!